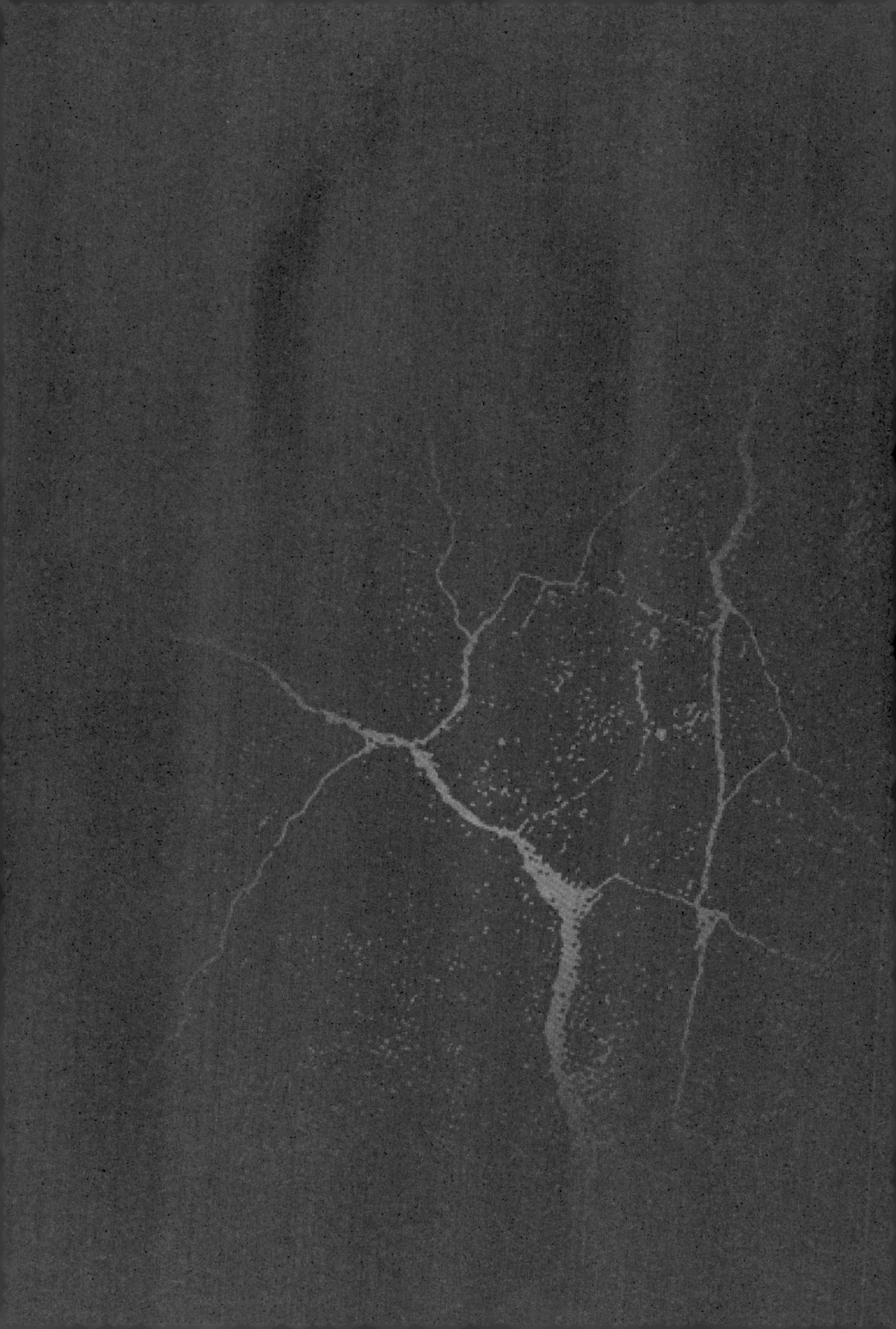

奇岩館殺人案

奇岩館の殺人

高野結史 著
ぬごですが。 繪畫
張智淵 譯

奇岩館殺人案

致各位推理小說迷：

恕在下冒昧，請容在下穿插「戰帖」。

這次一如往常，也是結構特別的推理小說。當然，推理小說的樂趣繁多，未必非伴隨推理不可。本人不會蠢到說這種不識趣的話。

然而，本人保證目睹真相時，經過推理能夠更添樂趣。

偵探如何看穿犯人的真面目及化不可能為可能的詭計呢？

諸位想必接觸許多推理小說，向您各位下「戰帖」，本人甚感羞愧卻又欣喜不已，讓在下抱持自信與決心，再度向各位挑戰。

您是否能夠看穿所有謎團與真相？

願您有優秀的推理能力和幸運——

第一幕

破案篇

扮演神父的男子眺望著被雨淋濕的屍體。

脖子以上完全粉碎，肉體碎屑飛濺周圍。

幸好在春季舉辦。

男子再度鬆了一口氣。

若是夏季，八成開始散發異臭了。假如「偵探」催促眾人集合，那可就棘手了。雖然沒有因催促而直接看見令人作嘔的外觀，但是避免不了臭味。有的人可能光是聞到屍臭就吐。

島上的十三名相關者圍著屍體聚集。

「偵探」開始講解。

「我們之前一味地思索丑松先生何時爬上塔頂。然而，那正是犯人的詭計。」

「偵探」仰望眼前的尖塔。

基於原本作為鐘樓所建這個「設定」，高度為地上七樓左右。能夠爬樓梯或搭電梯上去頂樓。

建造花了不少費用，但它是這次的主要標的，所以這筆錢非花不可。

高大的尖塔聳立於遠海上的孤島。正面來說，從島外眺望，它充滿不祥氣息。以孤島為場景的主要理由是為了不讓警察介入，結果亦對營造氣氛有所貢獻，因此是一舉兩得。

男子側耳傾聽「偵探」的話。

「既然警察來不了，死亡推定時間只能靠各位的證詞。因此，我認為丑松先生是在昨天的深夜三點左右，從塔上跳下來。但是，丑松先生在這個時間還活著。」

「可是，丑松從塔上跳下來是事實吧？否則的話，死法就不會如此淒慘。」

辰造插嘴說出質疑，「偵探」一副我就等你這句話的表情，點了點頭。

「沒錯。要將頭部粉碎到如此完美，需要相當大的衝擊力道。憑人的力量辦不到。不過，除了從塔上跳下來之外，還有其他方法。」

「偵探」故弄玄虛地吊人胃口。

一行人目不轉睛地盯著「偵探」。

「是啊。從塔上掉下來的不是丑松先生，而是凶器。」

「這話是什麼意思？」

寅吉高喊道。

他的表情太不自然。下次讓他當幕後人員。

男子將這一點記在腦中。

「偵探」不理會他地接著說，好像陶醉於自己的推理，毫不在意四周的人。

「丑松先生被叫到塔下，按照犯人的指定，在入口前面等候。頭上的是？」

「『天國之間』的……窗戶嗎……？」

寅吉恍然大悟地低喃道。

天國之間是蓋在塔的頂樓的房間，朝東開了一扇巨大的窗戶。

「犯人確認丑松先生站在窗戶的正下方，從『天國之間』讓這座島的神明掉落在地面。」

「神明……冰室大神？」

「是啊。儲存在冰室的巨大冰塊。嚴格來說，是被好幾根大冰柱黏住的神體。恐怕是讓它大到逼近塔的電梯能夠承載的重量。因為這個緣故，讓他人無法使用電梯。」

「啊！所以電梯才會一直故障中啊？」

「說到電梯的承載量，是三百公斤？要是那種東西直擊頭部，自然會整個粉碎。」

眾人陸續發出認同的聲音。

男子心有戚戚焉。

那幕景象烙印在腦海裡。

人的頭被從塔上掉落的冰砸碎的模樣，震撼人心。無法在「偵探」的眼前發生，令人遺憾。當時想必更加刺激。

「幾個人的不在場證明因死亡推定時間改變而消失。其中，能夠在冰室保管冰柱，而且能夠自由使用電梯的人，只有一人……沒錯，犯人是……」

「偵探」指出犯人，聲音宏亮地瓦解不在場證明和說明動機。

八十分吧——

男子聽完「偵探」的推理，悄悄吁了一口氣。

欸，進展得還算順利。盡量讓他解開準備好的謎團，「偵探」的滿意度會較為提升。話雖如此，若是全部解開，就會被說成太過簡單。

相關者們盛讚「偵探」好一會兒後，男子引領一行人至回顧派對。眾人魚貫進入宅邸。所有人看都不看屍體一眼。所有島民都是營運方的人，無感是理所當然的，但連「偵探」也對於屍體是真的，好像沒有半點感慨。

我們從事的這份工作真瘋狂啊。

男子苦笑。

「這次也做得很好。」

在作為派對會場的宅邸大廳，心情愉快的客戶一手拿著香檳走近。

「謝謝。」

男子深深一鞠躬，依舊穿著神父的服裝。

客戶先前身為「偵探」，動作舉止像是另一個人，現在完全恢復成平常的富人模樣。

「不過，解謎的邏輯雖然有趣，命案卻略嫌樸素。下次最好是連續殺人。」

「您的意思是……想要增加死者嗎？」

男子沒有將情緒顯露在臉上地確認道。

這是回流客的要求。不能露出躊躇的神色。

「有困難？」

「沒有沒有，我們由衷期待您下次光顧。如果您預約的話，我們立刻進行準備。」

「好，麻煩了。」

「遵命。感謝您一直以來的惠顧。」

「我很期待。小家子氣的殺人命案已經嚇不到我了。」

客戶無所畏懼地笑，叮囑道：

「請讓我殺更多人。」

從地下鐵出站後，頓時飆汗。

「好熱啊～」

男子叫苦連天。

明明夏季結束了，但是穿西裝真令人受不了。他懷念以網眼材質製作的神父服裝。最近食慾整個減退，深深覺得體力不足。

然而，步伐沉重有其他原因。要面對不喜歡的工作對象，包括明知會遭到拒絕，還是得催稿、撲天蓋地而來的挖苦……

眼前出現了要去的公寓。雖非上億豪宅，但算是高級公寓。

男子在自動鎖上的自動門前，按響對講機。

隔一會兒，從喇叭響起粗魯的聲音。

〈你有沒有常識啊？一般會跑到家裡來嗎？〉

「大師，抱歉。我傳了簡訊，也打了電話，但是您都沒回覆，我擔心是不是發生了什麼事……」

這當然是鬼扯的。男子一點也不擔心。

超過截稿時間，不管怎麼催稿也得不了回覆，所以直接殺過來取稿了。

〈我還沒寫好。你再等一等。〉

「舉辦日迫在眉睫，能不能告訴我進度狀況？」

〈我會傳簡訊給你。〉

「不，我人都來了，您直接告訴我比較快——，而且我也能當場告知我注意到的問題……」

〈那你說說看〉

「在這——這裡嗎？」

〈我寄了劇情大綱吧？〉

對方想要隔著對講機，草草了事嗎？

男子咬緊牙根。

明明是不紅的推理小說作家，以為他能夠住在這種公寓是託誰的福?!

男子又吞下了至今幾度差點脫口而出的話。

客戶已經支付了數億圓的現金。布景正在如火如荼地建造。演員也幾乎召集完畢。而且已分享舉辦時間表。事到如今，不許延期。劇本完成已刻不容緩。

然而，假如催稿催得太緊，作家鬧彆扭，事態就會進一步惡化。

「您也知道，這件事要保密再保密。要是外洩，我們彼此都很困擾。求求您，請讓我入內說話。」

男子慎選用語，展現不讓步的態度，自動門打開了。

他進入門廳，搭上電梯。

「媽的！」男子嘆了一口氣。心想：誰不好挖角，偏偏選中這種傢伙。

男子咒罵過去的自己。

話雖如此，選項原本就不多。

美其名而言，男子的公司是向全球的頂級富豪提供真實的推理遊戲。客戶扮演偵探角色，享受殺人命案的解謎樂趣。男子等營運方每次製作別出心裁的企劃，從場景、演員到劇本，全部一手包辦準備。

之所以無法大肆張揚——，是因為會實際殺人。

「偵探」能夠調查真實的殺人劇。客戶為了尋求這種刺激和體驗，不惜砸下數億圓的參加費。此「真實謀殺推理遊戲」自兩百多年前，就在國外的黑社會興盛，也誕生了專門的公司。男子在日本分部工作，將殺人劇到推理遊戲的一連串活動，稱為「偵探遊戲」。

「他的本領挺不賴，就是為人機車，真是的。」
男子嘆了口氣，電梯抵達要去的樓層。
他熟悉的前往作家住處，按響對講機。
一想到接下來要起一番爭執，就感到厭煩。
黑社會的工作有許多弊病。其中之一是招募人才。實際上，聽到要寫實際殺人的推理小說劇本，點頭答應的作家少之又少。如果蠢到說出內情，就會被警察破門進來逮人。所以能夠寫好推理小說，接受我方內情的人才十分珍貴。公司也會褒獎成功挖角作家的員工。
因此，在文壇酒吧遇見抱怨「為何我紅不了」的小說家，實屬幸運。哪怕他的人品差到不能再差。
大門開啟，作家不爽地探出頭來。
「真的很抱歉。我也是火燒屁股了。」
男子低頭道歉，作家轉身消失在屋內。
男子連忙抓住正要闔上的大門入內。
「打擾了。」
男子走在宅配紙箱亂放的走廊。看似客廳的房間裡沒有家具，只有塞滿了從地板堆到天花板的書山。實在看不出來是高級公寓的一個房間。

男子聽從吩咐，在書本的群山包圍下待命，從內側的房間傳來列印的聲音。

「你在這裡等著。」

過了十分鐘左右，作家拿著一疊原稿回來。

「已經完成了嗎?!」

令人欣喜的意外，令男子笑逐顏開。

「不，最後一幕還沒決定。」

作家邊說邊嫌麻煩地遞出原稿。

「我現在在寫別份原稿。在我寫到一個段落之前，能不能請你別來吵我？」

「別份原稿是指？」

「關你屁事？作家同時進行多份原稿並不稀奇吧？」

「是，不過……」

是誰感嘆好幾年都沒有撰稿的委託上門？

作家故意裝忙地消失在內側的房間。

男子做了一個深呼吸，平息煩躁。他想要平心靜氣地閱讀劇本。

他將目光落在原稿，站著往下閱讀，翻了一頁。翻頁的動作逐漸變快。

「這——很讚！」

煩躁早已煙消雲散。

頂級富豪之所以砸大錢在偵探遊戲，是因為尋求真實殺人案殘酷的刺激。然而，光是給他們看到屍體，他們不可能滿意。他們也要求作為推理遊戲的品質。殺害方法、詭計、謎團、破案提示、場景設定、劇中角色，這些全部具有魅力，而且能夠毫無破綻地進行劇情為必要條件。這份原稿符合上述各點。

男子忽然抬起頭來，作家雙臂環胸，擔憂地看著他。嘰嘰歪歪說一堆，想必還是在意他的反應。

「大師，太棒了！」

男子卯起來稱讚，作家立刻恢復跩不拉嘰的態度。

「欸，條件很多，費了我不少精神。不過，這種程度的話，我隨時都寫得出來。畢竟我可是專業作家。」

這次客戶的要求有兩個，分別是「連續殺人」和「模仿殺人」。除此之外，再加上基於進行和營運因素的條件，撰寫劇本就像是一項拼湊艱難拼圖的工作。

「再來就是如何丟出決定性證據。」

劇本還沒寫到最後一幕。

賓至如歸也是此偵探遊戲不可或缺的要素。比起詭計和謎團的趣味性，最重要的是如何讓扮演偵探角色的客戶感到過癮。因為這會影響是否能讓客戶成為回流客。其方法之一是提示決定性證據。如果讓客戶指出犯人百口莫辯的證據，獲得一刀斃命的快感，即使過程中有疏失，滿意度也會提升。

「最後的殺人命案會流不少血。」

「欸，畢竟是砍頭。」

「那麼，犯人身上有血痕如何？」

只要最後一幕決定，就已完成，能夠進行準備。

男子想要當場搞定。

然而，作家賞了他一個輕蔑的眼神。

「就是因為這樣啊，我不想寫那種老套的內容。」

你的喜好算個屁啊！

男子抑制怒火，強顏歡笑，耐著性子繼續提議。

「全身上下沾染大量血液如何？」

「嗯～，『增加』血量啊。奧斯本檢核表啊。（註1）那麼，寫成突然被大量濺回的血噴到？」

「好耶！」

「可是，有方法讓身邊的人不察覺到全身上下沾染濺回的血，直到最後一刻嗎？——欸，最簡單的方法就是以長袍遮蔽，讓偵探脫下它吧？」

「太棒了！創意源源不絕地跑出來。不愧是大師！」

男子拍手叫好。

他擔心自己會不會拍馬屁拍過頭，但是作家一臉喜形於色的表情。

「欸，畢竟我是專業作家嘛。」

「那麼，請以這個方向撰寫。能夠在明天之前給我原稿嗎？」

距離劇本完成只剩一哩路。根本可以自己寫，但是那麼做的話，作家會鬧彆扭。必須設法讓他寫完。

「大師，拜託！」

「嗯～，這就要看那份原稿寫得順不順利了。」

這個王八蛋……

胃感到一陣刺痛。

「大師，時間表真的很緊，求求你。」

「好啦。你還是把人當狗一樣使喚。」

「感激不盡！」

男子反覆鞠躬哈腰，一再叮囑。

他一搭上電梯，疲勞整個湧現。胃還在不斷刺痛。

到底要拜託那種傢伙到什麼時候？如果找到其他作家，我立刻就要把他一腳踢開。

但是，好像好不容易擺脫危機了。

男子抱著鬆了一口氣和痛苦的心情，離開了公寓。

一週後，作家才寄來劇本。

註1　Osborn's Checklist，目前最受歡迎的檢核表，主要內容有九項，在每項中寫下簡短的文字或問題，製成檢核表，有助於構思出更多改良或革新的方案。

第二幕

歡迎蒞臨奇岩館

1

小型觀光船在加勒比海上前行。「佐藤」緊抓著它的扶手。

乘船之後，他不發一語。

船身搖晃令人害怕也是原因之一，更主要的原因是不安使然。

從波多黎各啟航之後，過了半天。乘船之前，他收到指示要自稱「佐藤」，從此之後，所有資訊在異國之地遭到阻斷，像是要被帶去哪裡、要做什麼，完全一無所知。不僅如此，出港之後，他馬上開始暈船，身心俱疲。他來到甲板上，呼吸戶外的空氣，能夠稍微避免想吐的感覺，但是搖晃感讓人覺得快被拋進大海，只好一動也不動地抓住扶手。

佐藤、佐藤、佐藤。

無事可做，所以他對自己複誦這個突然被賦予的名字。

幾天前從日本出國時，穿著大衣，因為當時是冬天。然而，現在卻穿著短袖。空氣中充滿令人不快的濕氣，且緊緊纏身。

遠方可見幾座小島。或許已經跨越了某個國界。

究竟會怎麼樣呢？……

佐藤早早後悔了。

半個月前，他應徵某份打工工作，接受面試。當時，面試官問他有無護照、家屬，是否熟悉推理小說。工作內容是在外國的某間豪宅度過三天，包吃包住。雖說從日本前往費時費力，但光是如此就能獲得一百萬圓的報酬。

好賺的打工工作。說不這麼想是騙人的。

然而，他原本有其他目的。

半年前，一樣是從事日薪制勞工的同事德永莫名消失。

佐藤因為經濟緣故，無法上大學，但是也不想從事正職工作，即使年過二十，依然持續打工度日，對他而言，德永是唯一可以交心的對象。話雖如此，看在旁人眼裡，兩人並不親密。

佐藤是做人力派遣的打工工作時，在被指派的工作地點認識德永。工作地點每天不同。工作內容像是打掃大樓、下水道工程、協助打造庭園。佐藤和德永幾乎每天排班，所以屢屢在工作地點碰面，開始交談。他們的處境類似，不和家人、親戚往來，也沒有朋友。德永絕非社交動物，他們除了打工時之外，不曾見面，工作結束也不曾去吃飯。不過，佐藤總覺得在工作地點和德永交談，勉強維繫著自己和社會的關係。而且……

「你還得了錢嗎？」

佐藤打著吃角子老虎機打到錢包沒錢的隔天，在工作地點向德永借了一萬圓。德永催他還錢，但是他以各種藉口拖延。日子一天天過去，德永有一天突然辭掉了打工。

不用還錢了。

佐藤無法如此感到開心，反而覺得孤單。

其他的打工同事也不知道德永辭職的理由。打工工作原本流動率就高。德永也是眾多打工者之一，不過是公司的一顆棋子。派遣管理者不可能掌握德永的身世。

德永私底下不和任何人聯繫，音訊全無。所剩的線索是德永消失前不久說的「好賺的打工工作」。

只要在指定的地點度過幾天，就能獲得高額的報酬。

德永當時如此說到，天真無邪地開心不已。

佐藤一一查看徵人網站和社群網站，沒有立刻找到類似的打工工作，當作打發時間的例行公事，快要習以為常時，發現了這個打工工作。

他也懷疑這有可能是騙人淪為犯罪幫凶的非法打工，但是沒有指示要搬運什麼。只要在抵達的宅邸，度過時間即可。之前也曾有類似的高額打工工作成為話題。只要過著整天閒閒沒事的生活，經過一定期間即可。美國的 NASA 支付兩萬美金給過這種打工工作。

這或許也是研究方面的打工工作。就算找不到德永，也能獲得高額報酬的話——

佐藤如此心想，餓虎撲羊似地應徵了這個打工工作。

應徵條件中寫到「熱愛推理小說」，也推了他一把。

從面試的氣氛來看，他原本以為錄取就像是通過一道窄門，但或許是自己的哪一點被面試官看上，他被錄取了。然而，徹底隱瞞資訊到這種程度，他不免感到奇怪。

佐藤看了甲板角落一眼，一名戴著眼鏡的年輕男子目不轉睛地盯著大海。

船上除了佐藤之外，還有兩名乘客。他們都是日本人，年齡八成和他相近。站在甲板上的男子，五官端正，富有知性，令佐藤感覺到彼此住在不同的世界。

另一名男子在船艙坐著。隔著T恤也看得出肚子三層肉。雖然有理髮，但是看起來很疲累，且不修邊幅。黯淡的眼神給人一種陰森的感覺。他坐著在讀文庫本。那本推理小說的主角是露營導遊。佐藤最近也剛看完那本小說。內心不安時發現同好人士，他開心了起來。

「我說……」

佐藤從船艙的入口搭話，三層肉男困惑地側眼看他。

「那本很有趣，對吧？」

佐藤擠出笑容回應，三層肉男將目光拉回書本，不屑地說：

「普普通通。」

搞屁啊，明明就很有趣，雖然也不是完美無瑕……

佐藤試圖尋找話題的開端。他期待如果有能夠說話的對象，不安的狀況應該也會改善。

「你喜歡推理小說嗎？我也……」

「不好意思，能不能請你別跟我說話？我正在看書。」

「……這樣啊。」

佐藤遭到同好人士拒絕，再度用力握緊扶手。

疏離感忽然令他想起面試時的情景。

除了打工之外的時間，佐藤幾乎都在看推理小說。他這麼一說，面試官問到他喜歡的作品。

列舉狂熱的作品，應該比較能夠獲得高分。

佐藤遲疑了，沉思半晌，回答「《名偵探柯南》」。

從小時候到現在，無論是連載漫畫或動畫，他每集都看。雖然有其他影響他更深的作品，但事實上，他最長期間接觸的推理作品就是這個長壽系列。何況他也考量到了面試官比較容易理解。

面試官面露微妙的表情，佐藤後悔搞砸了，但是隔天被宣告錄取。

三層肉男也在看推理小說。這個男子也是透過面試獲選的嗎？

倘若熱愛推理小說是錄取的關鍵，佐藤越來越搞不懂雇主的目的為何。

過了半小時左右，船在孤島靠岸。佐藤他們沒有接受任何說明，就被趕下船了。

這座島比東京巨蛋大，但要形成村鎮卻又太小。從建造了堅固的小碼頭來看，好像持續有人在維護。島嶼的側面是陡峭的懸崖，懸崖上樹木茂密。從懸崖的內側露出尖石嶙峋的山。

原本待在甲板的眼鏡男和三層肉男也下船了。他們三人的行李都不怎麼多。

「走吧。」

目送船離開島，眼鏡男小聲地對三層肉男說。

他們兩人扛著行李，從鑿開懸崖建造的階梯拾級而上。佐藤也默默地跟隨其後。階梯前方是森林，未鋪柏油的道路筆直延伸。

穿越森林，佐藤驚呼出聲。

因為忽然出現一棟三層樓的木造洋樓。

那是一幕奇異的景象。

公館佇立於山丘上，側面逼近懸崖峭壁。陡峭的岩山聳立於公館後方，公館的背面隱藏在岩山之中。

門柱的門牌上，以漢字雕刻著「御影堂」。

公館佇立於加勒比海的島嶼上，稱之為「洋樓」總覺得不太對，就感覺來說，它就是明治時期至昭和初期，在日本興建的洋樓。

「是奇岩館。」

眼鏡男側眼看著佐藤和三層肉男說。

奇岩館？

它的發音令佐藤感到懷念。

「奇岩城」出現在莫里斯・盧布朗（Maurice Leblanc）的《怪盜亞森・羅蘋》

系列。公館的名稱顯然是源自於它。

要在這裡度過三天啊。

眼鏡男帶頭，三人穿越敞開的大門，站在宅邸的玄關前。按響呼叫鈴，一名中年男子從左右對開的大門內側走出來。

「敝姓榊。」

眼鏡男報上名字。

男子恭敬地行禮。

「各位是推理小說研究會的成員吧？恭候已久。我是管家，敝姓小園間。一旁的是山根先生？」

「是啊。」

三層肉男 aka 山根點頭致意。

「我聽說大小姐的同學是兩位……」

「啊，呃……敝姓佐藤。」

佐藤結結巴巴地回應，小園間重重點頭。

「噢～，老爺有通知我。聽說您正在世界各地旅行。」

「……是啊。」

今天早上之前，佐藤幾乎沒有收到任何預備資訊，直到啟航之前，自稱工作人員的人才命令他自稱「旅行者佐藤」；逼他記住「他和富豪——御影堂治定在旅行當地一見如故，受邀來到島上」這個設定。

事先收到的指示有三項。

第一項是住宿期間內，盡量不和身邊的人交流，如果被人搭話，適度地回應，趕緊結束交談。

第二項是不得說出身為打工人員參加。亦嚴禁詢問他人的來歷。

而第三項則是無論發生什麼事，都要繼續扮演角色。

佐藤從小園間的口吻，察覺到他好像收到了「旅行者佐藤」這個資訊。

「來來來，各位裡面請。」

三人在小園間的引領下，踏進了公館。

他們被迎入鋪滿胭脂色地毯的大廳。正前方內側有通往樓上的大階梯。

空調——？

進入館內的那一剎那，濕氣帶來的不快感消失，多少涼快了些。

「老爺預定後天回來。請舒服地住下來。」

小園間滿臉笑容地面向佐藤。或許是心理作用，他看起來眼神沒有在笑。公館主人——御影堂不在時，提早一步造訪的旅客。佐藤理解到自己的定位，點了點頭。

「看來你們沒有迷路。」

耳邊傳來年輕女子的聲音。

佐藤轉頭一看，身穿無袖連身洋裝的女子步下階梯。

「雫久，這裡的路途比聽說的遠了不少。」

眼鏡男，哦不，榊面露微笑。

「咦？我第一次看到榊學長叫苦。邀請你來值得了。」

被稱為雫久的女子高雅地笑道。她看起來既成熟，又像女高中生。

「哪有人長途旅行不會累，是吧？」

山根被榊問到，嘟囔地說：「嗯，是啊。」

「山根同學也來，我真開心。這下不會閒著了。這裡什麼也沒有，無聊到快死了。我想快點回到推理小說研究會的研究室。」

雫久似乎是公館的人。從對話來看，她和榊、山根好像隸屬於同一間大學的推理小說研究會。

佐藤不知道大學的體系，而且和社團活動這種東西也無緣。

當他感到掃興，雫久對他微笑。

眼角稍微下垂的水靈大眼、筆挺小巧的鼻子、豐厚的嘴唇。自然的彩妝更加突顯端正的五官，落落大方的舉止令人感覺到良好的教養。

「幸會，我是御影堂治定的女兒，名叫雫久。」

「幸、幸會。」

佐藤慌張地點頭致意。

「還有客人嗎？」

雫久將臉轉向小園間。

「還有一位，他是老爺的朋友。各位不妨在那邊的會客室稍做休息。我馬上帶他過去。」

小園間以手指示玄關旁的寬敞房間。

「在談話室就好了吧？我來帶路。各位請。」

在雫久的促請下，榊和山根走向大階梯。佐藤徹底變成跟屁蟲。

上了二樓，雫久打開位於中央的房間的門，促請三人進入房間。

走在最後的佐藤一面走，一面點頭行禮。

雫久笑容以對，代替行禮。
近距離一看，她顯得更美。
佐藤告戒快要輕易愛上她的自己克制一點。
進入談話室，首先映入眼簾的是佇立於房間內側的木雕像。那是一尊比真人小上兩、三圈的神將。祂面帶怒容，右手拿著矛，左掌向前伸出，嘴裡啣著短刀。
佐藤感到無所適從，看著神將像，背後響起開朗的聲音。
「哇～，好精美。」
一名看似年近三十、穿戴整齊的男子在小園間的引領下，進來談話室。
男子一進入房間，就走近神將像。
「這尊神將像好有威嚴。」
「天河先生，那把短刀能夠拿下，請勿觸碰。」
「啊～，失禮失禮。」
被稱為天河的男子被小園間委婉地提醒，搔了搔頭。
接著，他回過頭來，環顧一行人。
「啊，我沒自我介紹，又失禮了。敝姓天河，名叫怜太。可惜『河水』混濁。」

天河像是在幽默說笑話似地報上姓名。
所有人都沒有反應。
小園間和雫久在走廊上深入交談。
或許是希望有人有反應，天河笑著面向身旁的佐藤。
「欸……天河先生你好。」
佐藤不能把他當作空氣，簡短地應道。
「各位，抱歉。」
雫久再度發言。
「住宿的客人比預定增加了。能否請各位見諒？」
小園間補充道。
「載天河先生過來的船似乎故障了，一位乘客和船長要緊急避難。定期船不會在這座島靠岸，所以我們想以後天載老爺回來的船送他們回去。」
佐藤無權拒絕，默默點頭。
榊和山根也不反對。
「謝謝各位。」
小園間行禮之後，回到了大廳。

天河像是鬆了一口氣似地按住胸口。

「太好了。我也覺得自己有責任。那其實是要前往別座島的船。我拜託船長順道載我過來這裡。這下糟了。船在途中動不了。不過，就某個層面來說，他們來到這裡真幸運。畢竟最終能夠避難……」

真是個話多的男人。

佐藤避免再被他搭話，若無其事地和天河保持距離。

談話室沒有窗戶。

佐藤想起了公館的外觀。他擅自推測公館的背面鄰接岩山，因此無法打造窗戶。若是無法從窗戶通風，感覺會很潮濕，但是空調好像消除了不少濕氣。

談話室的側面設置了一整面牆的氣派書櫃。

擺放的是外文書。

佐藤的英文很菜，但是看得懂書背上的書名。

A Study in Scarlet/The Sign of Four/The Adventures of Sherlock Holmes……

那是《夏洛克．福爾摩斯》系列的原文書。即使是英文，他好歹也知道書名。

佐藤依序望向書櫃裡的書背。

奧古斯特．杜邦、亞森．羅蘋、布朗神父、艾勒里．昆恩。一整排都是經典推理小說的名人。壯觀的景象令佐藤心情激動。

東一本西一本看不懂的書名開始刺眼時，他望向一旁的書櫃，擺放著日本國內推理小說。這邊也是琳瑯滿目的經典推理小說。也有適合兒童的書籍。

佐藤將手指伸向其中一本，伸到一半連忙停止。

危險、危險。看到忘我了。

指尖指著的書背上，寫著《黃金面具》。

「準備好客房之前，請在這邊稍候。」

小園間帶來的兩位避難者改變了房間的氣氛。

先進來的是一名三十五、六歲的女性。她身穿西裝外套和長褲。相對於感覺拘謹的裝扮，表情柔和，說話方式相當大方。

「抱歉，突然打擾～。我是蒲生日日子～」

「這位的職業很不得了。」

日日子尚未結束自我介紹，天河就插嘴說。

「請告訴他們。」

「呃～，我在研究獵奇犯罪學～」

「獵奇犯罪學……妳是專攻獵奇殺人命案的學者嗎？」

榊深感興趣地問道。

「嗯，是啊，很奇怪嗎～？」

「一點也不！超讚的。」

被天河戴高帽，日日子咯咯地笑。

居然有獵奇犯罪學這門學問啊？在推理小說的世界，職業越分越細。他們不再是一般的偵探，而是某某偵探。若偵探角色是學者，就不是熟知單純的犯罪學，而是精通某某犯罪學；換作法醫學，就是某某法醫學。試圖透過細分化和特定化，和既有作品做出差異。說到這個，佐藤最近看了主角是「臨床法醫學者」的推理小說。

「快快請進，不用客氣。」

在小園間的促請下，接著進來的是一名以帽子、太陽眼鏡和口罩遮住臉的年邁男性。他不發一語，像根木頭站著。先前多虧天河跟日日子，變成熱鬧的房間氣氛，突然變得凝重。

「呃……這位是船長。」

本人沒有打招呼，小園間代為介紹。

從他跟著小園間來這一點來看，他好像會日文。然而，佐藤感受到他壓根不想和身邊的人交流。或許是在來此的船上，他都是這樣，天河也不想用熱臉貼冷屁股。

「幸好，這個人數的話，客房也足夠，而且食材充足。接下來，容我分配客房。因為無法使用行動電話，想要對外聯絡的話，請使用那邊的電話。」

小園間指著門旁。

佐藤花了幾秒鐘，才認出那是電話。

那是話筒和聽筒分開的壁掛式電話。只曾在以戰爭時代為場景的電影中看過的古董。館主的品味似乎十分講究。

「呃~，能夠使用網路嗎~？」

日日子不好意思地問道。

「沒辦法。這裡只有拉電線。」

小園間過意不去。

「也沒有電視。真的很無聊。」

雫久露出不悅的表情。

「大小姐。」

小園間試圖安撫雫久時，身穿烹飪罩衫的年邁女性走來。
「客房好像準備好了。由我和這位香坂替各位帶路。」
身穿烹飪罩衫的女性在小園間身旁低頭行禮。
「天河先生和佐藤先生的客房是一樓的館主客房。」
「一樓？嗯，好啊。」
天河爽朗地應道。
「那麼……」
天河以手制止正要帶路的小園間。
「我想要再看這尊神將像一會兒。」
「這樣啊。那麼，我先替住二樓的客人帶路。」
榊等一行人被小園間和香坂帶離房間。
房間裡只剩下佐藤、天河跟雫久。
佐藤想要快點獨處。
他眼神怨恨地望向天河。
雫久靠近悠哉欣賞神將像的天河。
「恕我還沒打招呼。我是御影堂雫久。」

雫久的笑容甜美，自然地散發著高雅的魅力。這就是出身名門的大小姐嗎？佐藤看得入迷。

「聽說天河先生以前也來過吧？」

雫久沒有意識到佐藤的視線，溫和地問道。

「是啊。我來玩過幾次。我和治定兄是魔術同好，邀請我去Majiki俱樂部的也是治定兄。」

「Majiki俱樂部？」

雫久不禁問道。

「那是社會人士的魔術同好會。」

天河看著神將像，爽快地回答。

泡坂妻夫的作品中，也出現同名的魔術俱樂部。八成是從中借來的命名。佐藤強忍住不一語道破，同時感到不對勁。他總覺得哪裡不自然。

「我們是第一次見面吧？」

雫久試探性地問道。

「是啊，大概吧。」

天河笑著回答，雫久像是鬆了一口氣似地放鬆嘴角的線條。

「我想也是！我擔心要是我們見過面怎麼辦。我要是失禮到忘記你的長相，會挨家父責罵。」

「終於能夠見到妳，我很開心。」

「我並不是一直待在這裡，只有大學放假才會來。」

「現在放假？」

「不是，我修完學分了。於是家父要我在這裡一起待到畢業典禮。早知道是這種情況，我就慢慢修學分了。」

「快別這麼說，奇岩館是個很棒的地方啊。」

「才怪，無聊得要死，所以我請社團的學長和同學來了。我原本想找更多人來，但是這裡很遠。只有那兩個人答應。」

那兩個人就是榊和山根啊？

佐藤自行想通時，雫久的眼神轉向他。

「佐藤先生是初次見面吧？你和家父是什麼關係？」

這明明是個簡單的問題，卻令佐藤緊張起來。

要是說錯，事情就大條了。

「……我在旅行時，和令尊相談甚歡……於是……」

「噢，原來是這樣啊。家父也真是的，沒想到自己不在就邀請朋友來。聽說他希望客人盡量待久一點。他八成想要炫耀公館，但辛苦的是負責接待的小園間管家他們。啊，我剛才說的話不要告訴家父。」

「好……」

盡量避免和身邊的人扯上關係。聽到條件時，佐藤以為簡單，但是一旦置身於該狀況下，卻相當困難。剛才也在該出聲應和時悶不吭聲，讓雫久一個人唱獨角戲。她恐怕覺得他是個粗俗無禮的人或句點王。

「讓兩位久等了。我帶兩位去客房。」

小園間回來，在他的引領下，下到一樓。

大廳的靠海側有會客室和餐廳。下樓之後，小園間在走廊上轉彎，背對會客室前進。

「佐藤先生住這間客房。鑰匙放在客房裡，請自由使用。」

備妥兩間客房，中間隔著掛了幾幅畫作的空間。

「天河先生住內側的客房。」

佐藤和天河道謝，分別進入各自的客房。

因為是館主的客房，被分配到的客房寬敞。生活所需的家具一應俱全，像是床鋪、單人扶手沙發、收納櫃和衣櫃等。從窗戶能夠看見來訪時走來的森林。

佐藤將行李放在扶手沙發上，整個人倒在床上。

緊繃的情緒鬆懈下來。

他猜不透究竟要舉辦什麼。隱隱感覺到自己被當成了某種棋子。

反正我早已習慣了被當成棋子⋯⋯

佐藤自我解嘲，枕在手臂上。

他閉上雙眼，自己身在烈日下的施工現場。

身上的T恤和長褲滿是泥土，汗流不止。

一屁股坐在路邊休息時，現場監工提著超市的袋子過來。

——補充水分。

工人和打工人員一擁而上，搶拿寶特瓶。

佐藤禮讓他們，最後一個伸手。

寶特瓶一瓶不剩。

——少了一瓶啊。欸，你不喝沒關係吧？

被現場監工瞧不起地說，佐藤也只能陪笑臉。他甚至沒有感到不甘心。因為他一路走來，一直被人白眼相待。

接著是身在自家的公寓。

他打電話告知對方，自己要辭掉打工工作。對方二話不說地答應了。德永突然辭職也是類似的心境吧。他八成煩惱地心想「必須改變人生」。雖然他的內心想法無從得知，但是佐藤覺得和這份打工工作有關的可能性很高。最後一次見面時，德永對於新的打工工作三緘其口。幾天前，他輕佻地說「有好賺的打工工作」好不真實。佐藤被這份打工工作錄取時，也被命令不准對外部人士說半個字。即使對方沒說，佐藤也沒有訴說的對象。雇主大概是連這一點也預料到了。德永也一樣孤單，他身邊只有一個稱不上朋友，關係脆弱得如以一條細線相連的人。而這個不算朋友的人，如今身為「佐藤」在此。

總之，他累了。

佐藤停止思考，落入深沉的睡眠。

2

小園間走在唯有傭人才能進入的走廊上，用雙手啪地拍打自己的臉頰。他已經差點說錯自己的名字好幾次了。上次是神父「古手川」，這次是管家「小園間」。

有夠難記。他咒罵作家：「用點心取名字！」

不，現在不是為了這種事而焦躁的時候。原本就問題堆積如山了，情緒冷靜不下來。

按照「偵探」的要求，準備了場景。雖然是自賣自誇，但是成果極佳。儘管公館的基礎部分是再利用，但是外觀完美重現古樸洋樓。縱然不是推理小說迷，應該也會陶醉其中。

完全對策也無懈可擊。加勒比海的孤島群不易受到當地警察干涉。佛羅里達的大富翁長期享受違法派對的島嶼，也位於這一區。而且偵探遊戲是不定期舉辦。完全不用擔心被警察知道。但是……

「這些傢伙……」

小園間小輕啐道。

客戶的無理要求帶來了幾個不安要素，因此在後台會發生各種大大小小的意外。小園間生性想要按照計劃行事，對他而言，緊急變更會消耗心神。

他第一次被逼到這種地步。如果可以的話，他希望客戶喊卡。然而，既然鉅額資金已在運轉，就不能喊卡。無論是計劃中止或失敗，他都要背負重大責任。最糟的情況下，被炒魷魚也有可能。

休想擊潰我……

小園間窺視廚房。

主廚——真鍋一面指示工作人員，一面準備晚餐。香坂也忙碌地行動。

「肉怎麼樣？」

小園間從不妨礙他們的地方出聲詢問，真鍋回過頭來。

「感覺勉強夠用。」

「好，又克服了一個意外。」

今天早上交貨的肉因業者的疏失，只有訂購量的一半。小園間趕緊加訂，但是附近一帶缺貨，只好被迫變更菜色。此外，部分客房的下水道故障。連忙重新檢視所有排水管，直到推理小說研究會的成員抵達之前才修理完畢。

「真像是在走鋼索。」

小園間長吁了一口氣。

「晚餐能夠準時上桌嗎？」

「沒問題。」

聽到真鍋的回應，小園間抬頭挺胸。

「那麼，香坂小姐。請各位客人前往餐廳。」

小園間和香坂分頭去各間客房，將客人們聚集於餐廳。

餐廳的大餐桌要容納十人左右，空間綽綽有餘。

來賓們坐在各自的座位上大啖佳餚，吃得津津有味。肉料理也廣受好評，小園間暗自鬆了一口氣。

不僅是這次，「偵探」總是砸下數億圓的鉅額資金。除了殺人命案和解謎之外，如果所有服務不是頂級，鐵定會遭到客訴。料理更是重要的一環。真鍋靈機一動，決定刻意減少肉的量，呈現珍貴性。當然，他對味道有自信。

「偵探」一點一點地享用小塊的肉，看起來十分滿意。

小園間和正在供餐的真鍋互使眼色，稱讚彼此幹得好。

「偵探」想喝紅酒，真鍋從頂級品中，拿來適合搭配肉的紅酒。

真鍋開始倒紅酒之後，小園間介紹御影堂家的工作人員。香坂、真鍋向所有客人行禮。實際上，從主廚到技術人員，除了他們之外，還有許多人員在後方待命，但是他們和劇本無關，所以隱藏起來。

「另外，這位雖然不是工作人員，但他是老爺的主治醫師——白井醫生。」

在小園間的介紹下，坐在角落座位的中年男子──白井起身，點頭致意。
「敝姓白井。我總是陪在御影堂先生左右，但是我太嘮叨，他叫我工作時別跟著。我不得已只好留守。」
幾個人的笑聲重疊。
「假如有人愛玩撲克牌，請務必和我較量一下。」
白井平易近人地順利打完招呼，坐了下來。
「那麼，敬請暢談。」
小園間說完，正要退下時，「偵探」舉手。他早早就露出幹勁十足的表情。
明明命案還沒發生。
「偵探」裝模作樣地環顧餐桌，指出船長沒來。
小園間努力冷靜地回答。這是意料中的問題。
「他說他沒有食慾，要待在客房。」
「偵探」露出詫異的表情。
「他說他身體無恙，請勿擔心。我稍後會將料理送去客房。」
小園間稍微加強語氣地說，以免「偵探」追問下去。
「偵探」好像無法接受，但是料理和酒慢慢讓他心情好轉。

四處漸漸開始聊得起勁。

「雫久小姐是大四生啊～？工作決定了～？」

日日子和雫久同為女性，聊得很開心。

「我暫時在家父的公司工作。」

「是喔～。真好～」

「我就是個徹頭徹尾的靠爸族，說來丟臉，不過好歹是出社會，比起因為不想就職而唸研究所的榊學長，我覺得自己成熟多了。」

雫久虧了榊一下。

榊聳聳肩，改變話題。

「對了，談話室的書櫃可真不得了。」

「啊，你注意到了？」

「擺放的盡是經典推理小說，藏書比一般的圖書館更豐富。」

「書櫃？」

日日子偏頭不解。

佐藤也深感興趣地聽著。

「那是家父的藏書。大部分是日本和西方的經典推理小說。」

「令尊喜歡推理小說嗎～？」

「是啊。喜歡到蓋了奇岩館這棟別墅的地步。」

「不好意思，我只有看通俗的推理小說～」

「亞森．羅蘋的故事中，出現了奇岩城這個秘密基地。」

「那麼，這裡是令尊的秘密基地嗎～？」

「很孩子氣吧。除了工作之外，他滿腦子都是推理小說和魔術。說是這麼說，我熱愛推理小說也是受到家父的影響。」

雫久苦笑道。

此時，一直靜靜坐在榊身旁的山根突然身體向後仰。

「哇啊～」

原本和睦的氣氛為之凝結。

山根看著身旁的天河，滿臉恐懼。

「啊，抱歉，嚇到你了。」

天河笑道，手裡握著一把刀寬三十公分左右的小刀。

「來這裡之前，我經過的島上在賣。它叫作短彎刀，是用於這一帶的農用小刀。從前的海賊似乎也愛用，我覺得當作魔術的小道具不錯，就買了一把小的。」

「天河先生是魔術師嗎～？」

日日子對「魔術」這兩個字有反應，眼睛為之一亮。

「我是業餘的，正職是經營公司。」

「青年實業家！好厲害。」

雫久加入對話。

「哪裡哪裡。比起御影堂集團，根本不值一提。」

「家父也只是從祖父手上繼承家業。」

「將來要由雫久學妹繼承嗎？」

「咦？我沒那本事！」

對話以天河跟雫久為主，越聊氣氛越熱烈。

小園間看了手錶一眼。

她該不會忘了吧，為了保險起見，提醒她一下。

「大小姐。」

「哦～，對了。」

被小園間叫到，雫久展現自然的反應。她好像記得。

「其實我有事想和各位討論。」

雫久重掌話題的主導權。

「前天收到了一封寄給我的信。我看不懂內容，想請各位幫忙解讀。小園間管家。」

小園間從口袋拿出一封信，遞給雫久。

「身為推理小說研究會的成員，我無法獨力解開，很不甘心。」

雫久讓眾人傳閱那封信。

「偵探」將目光落在信上，皺起眉頭，目不轉睛地盯著字面的過程中，他的臉上浮現自信滿滿的笑容。

其他人有的覺得有趣，有的毛骨悚然，面無表情地將信傳給下一個人，展現各自不同的反應。

最後交到佐藤手上。

他凝視那封信，渾身僵硬。

「請交給我。」

小園間自然地從佐藤手上收回那封信。

佐藤誠惶誠恐地說「不好意思」，又開始享用料理。

路人甲配角也不掂掂自己的斤量，試圖解什麼謎——！

小園間在內心咒罵——，將那封信收進口袋。

3

即使那封信被小園間一把搶走，字面仍舊牢牢地留在佐藤的腦海裡。

亂步隱
正史堵
最後彬光扭斷脖子

一行人七嘴八舌地針對那封信提出問題，雫久一一回答。

信封上只有收件人姓名，沒有寫到寄件人的姓名和住址。信的字面和信封的收件人姓名都不是手寫，而是列印，無法鑑定筆跡。雫久說她也不清楚為何收到這種信。

「確實令人費解。光是這麼幾個字，連是暗號或恐嚇信也不知道。」

天河深感興趣地趨身向前。

「確定的內容只有三人的名字，也就是『亂步』、『正史』、『彬光』」。

榊邊吃邊說。

「認為他們分別是指江戶川亂步、橫溝正史、高木彬光，應該沒錯。」

佐藤也能夠推測到這一點。

榊繼續上推理小說課。

「他們都是奠定日本推理小說基礎的大作家，三人並列也會產生別的意思。」

「他們是日本三大偵探，也就是明智小五郎、金田一耕助、神津恭介之父。到此為止，我也看出來了。」

雫久應道，日日子輕輕拍手。

「雫久小姐真清楚～。不愧是推理小說研究會的成員。」

「哪裡哪裡，對於推理小說迷而言，這是比世界三大美女更簡單的問題。」

雫久靦腆地謙虛說道。

「是這樣的嗎～？嗯，世界三大美女是誰來著？」

榊看也不看深思的日日子一眼，接著說：

「從這些事能夠推測到一點。寄件人對推理小說有感情。」

「畢竟他寄送羅列三大推理小說作家這種奇怪內文的信到推理小說研究會。不愧是學長！」

這次換雫久拍榊馬屁。

但是榊毫不謙虛，洋洋得意地冷哼一聲。

「也能感覺到不吉利。」

天河開口說道。

「第一句是『亂步隱』，第二句是『正史堵』。到此為止，看起來有幾分像是尋寶的提示。可是，第三句是『最後彬光扭斷脖子』，這表示的是——」

天河環顧一行人。

「——殺人預告。」

餐桌上安靜下來。

「殺人嗎～？如此一來，是我的守備範圍～」

日日子開玩笑地打破沉默。

其他成員也表情開朗，好像沒有當真。

佐藤也無法嚴肅看待。

「扭斷脖子」這種說法很嚇人，但他總覺得視為殺人預告未免跳太遠。

然而，他也無法忽視。假如這棟公館和德永失蹤有關，就必須盯好所有發生的事。

佐藤細心地觀察身邊的人的對話，乃至於他們的表情。除了日日子之外，所有人都對推理小說深感興趣。儘管日日子對小說不熟，也是研究獵奇犯罪的學者。這個奇妙的空間裡，可說是集結了一群對犯罪有興趣的人。

「佐藤先生，味道如何？」

小園間突然問他，佐藤意識到自己的舉動可疑。動不動就盯著身邊的人直瞧，現場的氣氛會變糟。

「啊……很、很好吃。」

佐藤自我反省，低下了頭。

後來那段奇怪內文也成為助興的話題，晚餐席間談笑風生。然而，就在推理遊戲沒被揭開答案，停留在助興程度的情況下，晚餐散會。

4

小園間確認所有人離開餐廳，回到一樓的管家室。

他將房門鎖上，把手掌抵在內側牆壁。牆壁無聲地打開，出現通往地下的階梯。房門是一般的圓筒鎖，但是牆壁的隱藏門是最新的指紋辨識鎖。萬一有人溜進房間，也不用擔心被看穿牆壁的機關。

小園間走下階梯，牆壁在背後自動關上。

不同於古色古香的木造地上樓層，地下是冷冰冰的近代混凝土結構。穿越地下通道，前方有司令室。這是挖掘公館後方的岩山所建造的設施。從管家室至司令室有一段頗長的距離，因此光是往返幾次，運動量就相當大。

小園間快步前進，呼吸有點喘。

司令室裡擺了一張大會議桌，等間隔地排放著椅子。所有椅子朝向一個方向，其前方的整面牆壁設置了十二台監視器。監視器即時顯示大廳、餐廳、談話室，以及各客房的影像。

上司——九條雅神情不悅地坐在桌子對面。她鬆垮地穿著黑底金紋的華麗和服，露出香肩，沒有盤起一頭長髮，自然垂落。

雅對小園間投以銳利目光。

小園間全身緊繃，擔心年紀比自己輕的女上司又要飆罵。

華服加上完美妝容，雅渾身散發妖豔的氣場，但是替她做牛做馬的人只會感到鬱悶。

然而，雅只是瞥了小園間一眼，就將視線拉回監視器。

小園間傻眼地心想「屬下完成一項工作，連句慰勞的話都不說嗎？」但是她沒歇斯底里地發作就要偷笑了。

監視器前面的操作台有專門技術人員常駐。作家在一旁打開筆記型電腦，抱著胳膊。他在這裡傲慢地自稱「卡爾」（註2），似乎是在強調自己是密室詭計的大師。筆記型電腦顯示著流程圖。

「大師，沒有問題吧？」

小園間向卡爾確認。應該控制住了些許的意外。

「大～概吧。」

卡爾邊打哈欠邊回答。

偵探遊戲雖然會準備縝密的劇本，但是有時會因「偵探」的行動和意外等，沒有按照劇本進行。因此，作家也會在現場坐鎮，一邊進行，一邊修改劇情大綱。

「客戶接二連三地提出麻煩的要求。」

雅用塗了鮮紅指甲油的指甲，咯咯地敲桌面。

「早知道就開更高價。這種情況收兩倍，不，三倍的價錢也不為過。」

「是啊。」

雅像是自言自語似地發牢騷，小園間隨聲附和。

「追加費用和增加的責任不成比例。再說，要是我們出錯，不知道會收到怎樣的客訴。」

雅對小園間投以冰冷的目光。

失敗的話，你要負責。

小園間明白雅的弦外之音是在恐嚇他。

如果高層知道來自大客戶「偵探」的客訴，就會變成責任問題。當然，責任該由負責監督的雅承擔，但是這位上司有前科。她任職於總部時，每次收到來自「偵探」的重大客訴，她就會將責任推給屬下，斷尾求生。結果被高層盯上，調到日本分部。如今，她也沒有隱藏要回總部的野心。

「做好萬全準備了？只許成功，不許失敗。」

雅望向監視器上的第一名犧牲者。

註2　源自於約翰．狄克森．卡爾（John Dickson Carr），1906-1977，美國本格推理小說家，密室殺人之王。

「是。沒有問題。」

小園間面服心不服，微微低頭。

「那個叫佐藤的小子如何？他的樣子有點奇怪。」

「他大概是緊張。接下來八成會越來越慌亂，但是不會礙事。他是對別人的依賴心強，容易遵從命令的那種人。萬一苗頭不對，我會馬上應對。」

「不要疏忽大意。」

雅邊說邊起身，揚起和服的下襬，從內側的門離開房間。

小園間頓時容易呼吸。

赫然回神，聽見喀噠喀噠敲打鍵盤的聲音。

卡爾心無旁騖地用筆記型電腦寫文章。

「大師，是否有變更？」

小園間驚慌地問。

「別跟我說話，我正在寫原稿。」

卡爾頭也不回地嗆道。

「原稿是指？」

「跟你無關。」

這個白痴。看起來是在做其他工作。

「大師……現在能不能請您專注於這邊的工作？」

「我不會讓任何人干擾我拿直木獎。」

「有預定要出版？」

小園間說溜嘴了。

卡爾停止敲打鍵盤的手，回過頭來。他瞪視的眼睛因憤怒和恥辱而變得混濁。

完蛋了。非得設法安撫他才行——這下增加了額外的工作。

小園間垂下肩膀。

於是，一陣不安忽然襲上心頭。

包含事前準備和失序對策在內，他已經檢查了所有行程，但總覺得漏了什麼。仔細一想，因客戶的無理要求和意外，他忙得暈頭轉向，直到方才才得閒。

小園間掃視十二台監視器，一一確認館內的人們。

無法斷言毫無細小疏漏。

沒問題——

他如此告訴自己。

隨時能夠開始。

*

讓各位久等了。

慘劇終於要掀開序幕。

誠如各位所知，這次是連續殺人。在下會進一步獻上模仿殺人的巧思。

包含後台在內，各位會以上帝視角俯瞰一連串的命案，但本人希望各位徹底觀賞這個世界的各個角落，準備了各種機關。

慘劇的列車一路疾駛，將一口氣衝到最後。敬請盡情享受背離道德的娛樂。

第三幕

慘劇的偵探

1

時差帶來的倦怠感好像沒有消除。

佐藤回到客房，坐在皮革的扶手沙發上，放空地盯著天花板。扶手沙發雖然是單人椅，但是體積龐大，寬度也稍寬，重點是有高度。若是身材矮小的人，坐深一點應該就會雙腳騰空。其大小反而讓人感到包覆感，感覺舒適。

晚餐是人間美味。

住好吃好還能獲得高額報酬，怎麼想都覺得奇怪。公館和其他人也很奇妙。明明身在加勒比海，卻彷彿身在日本的古老宅邸。聚集在餐廳的眾人也是以打工人員的身分參加的吧。不過話說回來，他們很冷靜。

真要列舉看似打工人員的人，就是那個名叫山根的陰沉男子。自己和山根，只有這兩人極度沉默寡言。然而，如果山根是打工人員，榊和雫久應該也是——

「完全搞不懂。」

佐藤自言自語，閉上眼睛。

所有體驗都悖離一般常識，他懶得思考。

目前也找不到德永的線索。雖然還有搜索的空間，但是感覺無法明目張膽地做。在晚餐席間，全神貫注聆聽身邊的人的對話，結果被小園間瞪視。看來是自己對於身邊的人的懷疑寫在臉上。或許按照指示，乖乖度過時間，領取打工工資才是正解。

敲門聲令他嚇了一跳。

他好像差點昏睡過去。

「我是天河。」

房門外傳來聲音。

眼皮猶如千斤重，佐藤暫且不回應。

「你睡著了？機會難得，要不要聊一聊？」

天河的客房就在旁邊。其他客人住在二樓，所以他來找鄰近的人搭話吧。

可是，佐藤被吩咐了不准和任何人交談——

他決定無視吵鬧的鄰居。

微微睜開眼睛，瞄了手錶一眼，晚上八點多。

明天早上再淋浴，好歹上床睡覺吧。

腦袋如此下指示，但是身體動不了。身體反駁大腦，直接在沙發上睡就行了。大腦和身體的攻防戰持續了好一會兒。

不知過了多久的時間。
客房外面發出玻璃破裂的聲音。
接著，響起了女人的尖叫聲。
身體瞬間清醒，從椅子上彈起來。
但是，抓住門把時，心生遲疑。
不准多管閒事，這是務必遵守的規定。這麼做會違反規定。然而，假如發生了什麼意外——
佐藤看了手錶一眼。
晚上九點半。過了一小時半啊。
他戰戰競競地打開房門，窺視走廊。沒半個人。他緩慢慎重地前往大廳。要是其他人衝過來，自己馬上回房就行了。
窺視大廳，看見會客室前面站著一名女性。她是雫久。除了她之外，沒有任何人。
「佐藤先生……」
被雫久呼喚名字，佐藤下定決心靠近。
「我聽見了尖叫聲。」

「抱歉，我突然大呼小叫。」
看來尖叫的人是雫久。
「剛才是玻璃破裂的聲音吧？」
「是啊。」
「妳知道是從哪裡傳來的嗎？」
「大概是那邊。」
雫久臉色鐵青地手指佐藤的背後。那是他剛才走來的走廊。看來玻璃破裂的地方似乎是在反方向。
「你有受傷嗎？」
「沒有。我也是被聲音嚇到才出來。我回去看看。」
話一說完，手臂上有觸感。
雫久緊抓住他。
「雫……久小姐。」
心臟噗嗵噗嗵地狂跳。佐藤感覺心跳越來越大力，擔心會被雫久感覺到。
「其實稍早之前，我看見了奇怪的人影。那條人影往那邊去了。」
雫久以畏懼的眼神，注視著走廊的前頭。

「稍早之前……是天河先生嗎？」

「我不知道。那條人影一閃即逝，身影漆黑……」

「走廊上沒有任何人。總之，我們去看看吧。」

規定早已飛到九霄雲外了。

佐藤一心想對雫久展現男子氣魄，回到走廊上。

抵達客房前面，毫無異常。

「咦？」

他和雫久幾乎同時察覺到。

天河的客房位於內側。他的客房前面的走廊上，發生了異變。鋪在走廊上的胭脂色地毯發黑。

「那是什麼？」

他和雫久四目相交，一起前往天河的客房。在客房前面蹲下，手摸變色的地毯。手指變得濕潤。

「是水。」

看起來好像是地毯被水弄濕而變色了。水從客房內滲出。

「怎麼了嗎？」

小園間從背後趕來。

你為何在這裡？

他瞪了佐藤一眼，眼神中彷彿在如此訴說，雫久說明緣由之後，小園間的注意力轉向房門。

小園間敲了敲門，呼喚天河的名字，但是沒有聽到回應。

他轉動門把。當然，門上了鎖。

小園間說要去傭人房拿萬能鑰匙，往大廳的方向快步走去。

過不到五分鐘，他回來時，榊、山根和日日子伴隨而來。據說他們三人都聽見尖叫，從二樓下來時，碰到小園間。

小園間再度敲門，隔一會兒之後，以萬能鑰匙開鎖。將房門向內推開，發出喀嚓一聲，再也打不開了。

小園間有些強硬地推門。

玻璃碎片發出喀嚓喀嚓的摩擦聲響，房門進一步打開。

「啊！」

日日子往客房裡面一看，發出驚叫。

從半開的房門縫隙，看見天河躺在床上。他顯然不是在睡覺。天河的眼睛望著天花板失焦，一把短刀深深地刺入他的胸膛。

「我的天啊！」

小園間驚慌失措，使得眼前的景象帶有真實感。

有人遭到殺害——

陷入一種腦袋漸漸麻痺的感覺。

「報警。」

榊冷靜地下指示。

「是、是……」

小園間從走廊跑走。

佐藤目送他的背影幾秒鐘，回過頭來，大吃一驚。榊和日日子一腳踏進了客房。

「……這樣好嗎？」

兩人無視佐藤的呼喊。

當他不知所措時，山根也走進客房。

太沒常識了……

佐藤看了雫久一眼，她說「我沒辦法」，搖了搖頭。

「咦～？」

日日子發出奇異的叫聲。

佐藤再也忍不住，進入房內。

「這是人偶的～？」

日日子手指刺進天河胸膛的短刀。

那是談話室的神將像啣著的短刀。

榊將臉湊近短刀。

「好像是。」

佐藤看到榊和日日子深感興趣地鑑識屍體，皺起眉頭，環顧客房。

客房的家具和佐藤的客房大同小異。床鋪、單人扶手沙發、桌子。桌上擺放著看似中南美紀念品的木雕民俗藝品和萊姆酒，以及客房的鑰匙。

榊從天河的屍體移開目光，走向窗戶，拉開窗簾，像是在沉思似地嘆息。

山根靜靜地盯著他的樣子，好像已經看開，決定要跟隨榊。

日日子從一旁窺看。

「窗戶也鎖上了～」

佐藤倒抽了一口氣。

也就是說——這間客房是密室。

「房門和窗戶都鎖上了，代表這是密室殺人。」

榊以食指按住眼鏡的鼻樑架。

不會吧。

一輩子也未必會碰到一次殺人命案，更何況是密室殺人……

「密室嗎～？這到底不是我的專業領域～」

日日子感覺有些開心地環顧客房。

「可是，不是有萬能鑰匙？」

佐藤忍不住插嘴。他並非想要否定密室，但是大腦再被灌入不尋常的資訊，超出了他的腦容量。

於是，榊說「不」，關上了半開的門板。一堆玻璃碎片掉在門板後面。它們原本應該是花瓶。滲出至走廊的好像是此花瓶裡裝的水。在自己的客房裡聽到的，應該也是它破掉的聲音。

「卡住玄關的是這個。」

榊避免留下指紋，隔著手帕拾起破璃碎片。

日日子面帶愁容。

「嗯～，試圖打開房門時，馬上發出了聲音～，所以它應該是掉在房門跟前～。假如有人在我們之前打開房門，碎片應該就移動了～。也、就、是、說。」

不知是天然呆或裝年輕的一部分，日日子的說話方式拖泥帶水。聽的人或許會不耐煩地想要吐嘈她，叫她說快一點。

「天河先生死了之後，沒有人從這扇房門進出。」

相對地，榊惜字如金，只說必要的話。

這兩人的主張難以否定。窗戶從內側鎖上了，房門不僅鎖上，而且花瓶碎落一地，證明了玄關沒有被人打開。這是完全的密室。

「假如沒有人進出，則是天河先生自殺？」

佐藤說完，觀察天河的屍體。

短刀隔著衣服深深地刺入，連床鋪都染上了血。

「自己無法刺這麼深～。趴著也就算了，但他是仰躺～」

「假如他是以某種方法刺殺自己之後，仰躺倒下的話呢？」

榊延續自殺說。

「嗯～，我總覺得很困難～」

日日子將拳頭放在頭上沉思。

「喏，請看床上的血。除非仰躺刺殺，否則不會有這種血的沾染方式～」

日日子避免接觸屍體，從下方推床鋪的邊緣。看見血沿著天河的身體中斷。屍體底下沒有沾到血，意謂著他是以這種姿勢出血。

關上的房間突然打開，佐藤輕聲尖叫。

回頭一看，臉色蒼白的小園間嘴唇顫抖。雫久從他背後露出擔心的表情。

小園間看了雫久的臉一眼之後，重新面向房內，告訴眾人：

「電話——被弄壞了。」

談話室的復古室內電話變得慘不忍睹。聽筒的線被割斷，電話線被粗魯地割成好幾節。

「不用說，好像是有人故意做的。」

榊給山根看斷面。

山根臉色僵硬地點了個頭。

「犯人是一不做二不休呢～」

日日子蹲在牆壁前面，悠哉地說。

連電話線的插入孔都被破壞了。

佐藤動彈不得。因為雫久緊抓著他的手臂。

「這下傷腦筋了。無法報警。」
小園間將眉毛皺成倒八字。
「有沒有其他和外界聯絡的方法？」
榊一問，小園間搖了搖頭。
「只能等後天老爺回來。」
「不會吧。」
佐藤下意識地脫口而出。
在發生殺人命案的孤島，被斷絕和外界的聯絡方法。
這是氣氛濃厚的孤島模式。（註3）
八成是犯人刻意打造的，佐藤一時之間無法相信，頭昏眼花。
「這樣的話，簡直是——」
話說到一半，他閉上嘴巴。

註3　closed circle，又稱為暴風雪山莊、封閉空間，最具代表性的是英國女作家阿嘉莎・克莉絲蒂的小說《無人生還》，是指若干人聚集於一個相對封閉的空間內，由於特殊情況而無法和外界取得聯絡，所有人暫時無法離開這個環境。

這是出現死者的緊急狀況。打工已經停止了吧。他原本如此心想，但是毫無傳出喊卡的聲音。

——無論發生什麼事，都要繼續扮演角色。

佐藤想起事先的指示，背脊發涼。

「凶器是原本在這裡的短刀吧？」

赫然回神，榊移動至神將像的前面。

短刀從神將的口中消失，露出微微張開的嘴形。

天河破壞電話，偷走短刀，回到客房，以某種方法仰躺將短刀刺進自己的胸膛。

如此認為太牽強。認為他被某人殺害才自然。這果然是殺人命案。

「倘若是殺人命案，就留下了密室之謎～」

日日子坐在扶手沙發上。

「真的是密室嗎？」

榊按住眼鏡的鼻樑架。這似乎是他思考時的習慣動作。

「嗯～，根據先前調查的感覺，是完美的密室～。房門鎖上了，而且被玻璃碎片堵住。這是雙重密室～」

「假如犯人手上有萬能鑰匙，只要打破花瓶就行了。」

「犯人要怎麼從房間外面打破花瓶～，這是問題所在～」

佐藤默默注視著推理密室殺人之謎的榊和日日子。

花瓶的碎片散落在緊鄰房門的內側地上，鞏固了密室的說法。不僅如此，之所以察覺到天河的客房異常，是因為花瓶的水滲出至走廊。犯人也有意圖讓身邊的人知道他的犯罪行為。從特地使用神將像的短刀這一點來看，也可以認為是預謀犯案。

「小園間管家～，萬用鑰匙有幾把呢～？」

日日子從沙發的靠背探出頭來，詢問小園間。

「只有一把。平常保管在傭人房。」

「所有人都能進入那個房間嗎～？」

「不，只有我有傭人房的鑰匙。」

「你剛才去拿的時候～，上了鎖～？」

「是啊。」

「什麼時候鎖上的～？」

「收拾完晚餐的碗筷後。」

「時間是？」

「我想是八點半左右。」

「花瓶破掉是在九點半左右，對吧～？」

日日子將目光投向雫久。

「是啊。」

雫久連忙點頭。

「妳當時在哪裡聽到聲音～？」

「會客室。」

「妳為何在一樓呢～？」

「我口渴，想泡茶而去了餐廳。客房也有熱水瓶，但是我想假如有人在的話，可以聊聊天。」

「有誰在～？」

「沒人在。可是，我認為機會難得，在會客室看書，稍微等一下，結果就傳來巨響。」

「妳尖叫了？」

「抱歉……」

雫久難為情地低下頭。

「啊、啊、快別這麼說～。多虧了妳，我們才發現這起命案～，對吧？」

被日日子徵求同意，榊默默點頭。

「——這麼一來。」

榊彷彿等待已久地接著說。

「至少花瓶打破的時候，萬用鑰匙在傭人房。也就是說，花瓶是在鎖上了的房內被人打破。前提是小園間管家沒有說謊。」

「請、請別這麼說。我鎖上傭人房時，香坂和真鍋也看到了。」

「可是，你在那之後隨時能夠打開吧？」

「哪有人這樣……」

小園間發出可憐的聲音。

「我要發言。」

雫久舉手。

「我聽到聲音之後來到大廳，看到了通往天河先生客房的走廊，沒有人經過。只有佐藤先生從自己的客房出來。」

被雫久說出名字，佐藤嚇了一跳，但是沒有人對此感興趣。佐藤離開客房是在發生殺人命案之後。

「妳的意思是，妳沒有看到小園間管家？」

「是啊。小園間管家是後來才來。」

雫久清楚地斷定。

小園間鬆了一口氣地弓起背部。

「天河先生的客房在最裡面，走廊走到底的地方吧？」

被榊問到，小園間的臉色又沉了下來。

「是、是啊。那間客房只能從大廳去。」

「……倘若如此，事情就棘手了。」

榊觸摸眼睛。

「鎖上了的房門、玻璃碎片，以及沒有人經過的走廊。這下變成了三重密室。」

「哦～」

日日子瞪大眼睛。

「不過……有一件令人在意的事。」

雫久提起在大廳看到的人影。

她說是在花瓶打破的二、三十分左右前，看到人影。
佐藤說他在那個時間沒有離開客房。
榊和日日子討論。
「倘若如此，人影就是天河先生自己或犯人。」
「假如是犯人~，他往客房去了之後就沒有回來~。他消失到哪去了~？」
佐藤看著密室之謎越來越撲朔迷離，他的心思卻在別的地方。
犯人完成的不只是密室。
為何還打造了孤島模式？
用不著回溯至今看過的推理小說的記憶。與外界隔離的場景，亦即孤島模式。有些案例是因自然現象或意外等而偶然形成，有時候則是犯人故意親手打造。其動機五花八門，但是最終目的大多只有一個。
那就是連續殺人。
還有人會遭到殺害——
「啊，難不成！」
雫久大聲嚷嚷，眾人的目光集中在她身上。
「喏，那封信……『亂步隱』會不會是指這把短刀？」

「隱藏短刀嗎？」

榊注視神將像。

「將使用凶器表現為『隱藏』，感覺不對勁。」

「是嘛。欸，確實。」

雫久遺憾地承認。

「是啊～。一直消失不見的，反而是犯人～」

「日日子女士，妳好冷靜。獵奇犯罪學者對於這種事，已經司空見慣了嗎？」

雫久如此說道，但是她自己也沒有太過驚慌失措。其他眾人也是如此。假如遇到殺人命案，照理說會更加害怕。

佐藤側眼看著雫久，悄悄地按住胸口。

「不不不，沒有那回事～」

日日子搖了搖手。

「那只是一般的刺殺～。不是獵奇殺人～」

日日子的說法令佐藤懷疑自己的耳朵。

他不知道她至今研究了多少具屍體，但是她的感覺麻痺了。

「亂步隱藏犯人——到底藏在哪裡？」

榊問自己。

「山根，你怎麼想？」

山根突然被點到名，一時語塞。

就佐藤的觀察，除了他自己之外，沒有隱藏不安的只有山根。他臉色慘白，嘴唇顫抖。佐藤身為同類，有一種親切感。

「沒有……扭斷脖子。」

山根從喉嚨擠出來的話，是在指那封信的第三句。

——最後彬光扭斷脖子。

榊贊同。

「是啊。天河先生的頭顱沒有異常。和『正史堵』這一句也不吻合。果然和那封信無關吧。」

不對。

佐藤在內心反駁。

光是如此，無法否定和奇怪內文的關連。

倘若要發展成連續殺人，說不定只是尚未執行第二句以後的暗示。

沒有人察覺到連續殺人的可能性嗎？

然而，他猶豫要不要發言。即使在這種狀況下，自己依然遵從事先的指示，未免荒謬。

除了自己之外，一定有其他以打工身分參加的人。希望那個人開第一槍。說要中止打工。

如果有人開口，佐藤就會馬上贊同，提出點子，以免出現下一個犧牲者。可是，他想要避免自己第一個說。

——真丟臉。

他總覺得半張開口的神將像在數落自己。

2

第一起殺人命案不難。

詭計簡單，執行也容易。唯一的擔憂是殺害時，遭到天河抵抗。因此，事先在晚餐中加入了安眠藥。為了避免他在餐廳睡著，加入少量的安眠藥，但是應該過沒多久，睡魔就會助我們一臂之力。「犯人」應該已經回到自己的客房。

小園間在談話室解散一行人，趕緊前往管家室。

「不過話說回來，真是亂搞一通。」

他邊走邊罵。

看到天河的加勒比海紀念品，小園間愈發焦躁。

他毀了世界觀。

這裡重現了日本的洋樓。帶那種東西來，豈不是會被拉回現實嗎？這就像是穿著忍者的服裝進迪士尼樂園。雖說他不明白營運方的意圖，但實在是有夠掃興。

儘管如此，第一起殺人命案完成，肩上的重擔稍微減輕了。破壞氣氛的物品全部都在天河的客房。應該不會進一步弄髒眼睛了。

停止負面思考，要往好處想。

小園間如此告訴自己，打開管家室的房門。

頓時，感覺胃裡消化不良。

放在桌上的蠟燭型油燈亮著。這代表雅在呼叫他。

奇岩館以復古的風格統一，因此呼叫油燈也要偽裝。小園間也攜帶聯絡用的耳機和麥克風，但是為了避免被身邊的人發現無線電，他會藏在袖子裡，只有緊急時才使用。

他前往司令室，包含雅在內的一行人面露嚴肅的表情。

除了傭人自己的房間之外，監視器顯示所有客房、大廳和公館周圍。每一台監視器都偽裝成乍看看不出來的監視錄影機拍攝。

雅側眼看到小園間，像是把他當作空氣似地將目光拉回監視器。

她想要挖苦我嗎？

小園間也刻意不對她說話地等待。

挑出雞毛蒜皮的小疏失，有助於提升屬下的表現。雅如此誤解。

「『犯人』沒有出來。」

「蛤？」

小園間大吃一驚，發出了愚蠢的聲音。

「他還在『天河的客房』裡？」

小園間立刻看了顯示天河的客房的監視器一眼。

天河的屍體、破掉的花瓶、扶手沙發、桌子、餐具櫃、紀念品——全都保持發現時的模樣。

小園間感到期待落空，但是立刻察覺到異常。

顯示「犯人」的客房的監視器中，沒有人影。

雅依然看著監視器說。

「他沒有從椅子出來嗎？」

「蛤？」

小園間又發出了愚蠢的聲音。

應該早已離開客房的「犯人」沒有從椅子出來。

「這是怎麼……」

「我才要問你呢！搞什麼鬼？」

即使雅怒吼，小園間也無從回答。因為他至今都在現場行動。確認進行是司令室的工作吧。

看了卡爾一眼，他露出事不關己的表情。

這傢伙……

小園間詢問在操作台凝視監視器的技術人員——磐崎。

「他真的沒有從椅子出來嗎？」

「是啊……」

「你確定嗎？」

小園間加強語氣。

「有沒有可能看漏？」

「……或許有，但是我覺得總會察覺到。」

含糊的回答。

小園間想要飆罵。

然而，他也理解這太殘忍。錯不在工作人員，而是雅。為了讓表面上的利益增加而削減人事費，這下偷雞不著蝕把米了。明明監視器的監視人員隨時需要三名，卻改變成一人體制。能夠預料到看漏的次數會變多。

「有沒有檢查錄影？」

「還不快做！」

雅頤指氣使。

小園間忍住不發出「嘖」的聲音，自己操控操作台。必須讓磐崎繼續監視。

「投放到預覽監視器。」

操作台旁的監視器顯示天河的客房。將影像倒轉至犯罪時的時間。

「這裡。」

晚餐後過一陣子，天河回到客房。

再隔一段時間，客房有訪客。他是「犯人」，身穿黑色的連帽長袍，臉看不見。天河請「犯人」進入客房，開始開心聊天。「犯人」背對攝影機，坐在沙發上，天河坐在床上，但天河很快就被睡意襲擊了。天河伸長雙腿，倚靠牆壁。他就這麼開始打瞌睡，過不到幾分鐘就睡著了。

「犯人」讓天河仰躺，從長袍底下拿出神將像的短刀，在天河的胸膛上架好，毫不猶豫地一刀捅下去，天河霎時輕聲慘叫。

短刀沒有一次刺入，「犯人」再度扎進胸膛。

天河氣絕身亡。

「犯人」愣了半晌後，確認門窗鎖上，拿起餐具櫃的花瓶，在房門前砸碎。花瓶摔得粉碎，弄濕地毯。

「犯人」迅速地繞到扶手沙發的背面。沙發中空，背面有打開的機關。「犯人」滑動背面的木框，躲到裡面。木框降下，就恢復成原本的扶手沙發。誰想得到裡面有人呢？這是以江戶川亂步的《人間椅子》為創作主題的詭計。

按照計劃的完美行動。過一陣子，房門打開，小園間出現。後來，榊、山根、日日子、佐藤進入客房，四處查看客房時，小園間回來，告知電話遭人破壞，所有人一起離開客房。

問題在接下來的部分。

按照程序，「犯人」要從人間椅子出來，從沒鎖的房門逃出客房。為此才破壞電話，讓一行人聚集於談話室。

小園間凝視監視器。無論等再久，「犯人」都沒有從沙發出來。為了避免看漏，他慎重地快轉。客房的影像就像是定格畫面一樣，沒有發生任何變化，結果「犯人」至今都沒有從沙發出來。

上半身前傾的小園間挺起身體。

「我去看一看情況。」

「快去。」

雅下達不用她說也知道的命令。

「天河的客房和一樓走廊的攝影機全部關閉！」

小園間對磐崎留下指示，跑向管家室。

他調整呼吸之後，來到走廊，一面前往天河的客房，一面將袖子裡的麥克風靠近嘴邊。

「攝影機關掉了嗎？」

〈是啊，關掉了。〉

從塞在耳朵的耳機，傳來雅的回應。

天河的客房以保全現場為理由鎖上了。小園間以萬能鑰匙打開房門，迅速進入客房。他看也不看天河的屍體一眼，敲了敲扶手沙發的背面，沒有反應。

他做了一個深呼吸之後，將手搭在靠背的木框往上一抬，發出咯嗒一聲，背面部分卸下了。

在此同時，一大塊黑色物體從裡面崩落於地板上。

是白井。御影堂治定的主治醫師兼好友，而且是「奇岩館連續殺人命案」的「犯人」。白井以下半身收納於沙發的狀態仰倒下來。他微微睜開眼睛，臉部的肌肉完全鬆弛。

小園間和白井互看了幾秒鐘。

他死了……

小園間的腦袋變得一片空白。

他緩緩移動視線，看見一把刀刃刺在白井的側腹一帶。

直覺告訴他，這就是死因。但是為何……

思考之前，他按下無線電的開關。

「他死在沙發裡了。」

沒有回應。小園間的腦海中浮現雅張口結舌的表情。

「請派一個人走地下通道過來。」

〈收到。〉

從耳機聽到陰沉的聲音。

過一會兒，角落的地板打開，製作人員出現。上次讓他當演員，演得太爛，所以讓他改當幕後人員。

「我們要搬運屍體。」

小園間小聲地說，工作人員從地板底下上來。

館內以地板底下的隱藏通道，連通所有房間。因此嚴格來說，不是密室。然而，隱藏通道設定為不存在，作家也是以此為前提，思考詭計。

「別讓血沾到地板唷！」

小園間和工作人員兩人合力將白井的屍體搬到地板底下。

往沙發裡面一看，形成了一灘血。小園間慎重地抬起沙發，幸好血沒有滲出至地板。他想要馬上更換新沙發，但是人手不足。不得已之下，移動白井的屍體後，他指示工作人員將沙發搬出去。

不同於從管家室通往司令室的地下通道，隱藏通道的高度只有孩童的身高左右。小園間彎著腰搬運屍體。

「我的腰……我的腰……」

抵達白井位於二樓的客房，小園間終於能夠挺直身體。他也讓技術人員關閉了這間客房的監視攝影機。

小園間讓白井躺在床上，派工作人員前往天河的客房。工作人員前腳剛走，醫師後腳就衝了進來。這位是真正的醫師。平常讓他待命，以備不時之需，這是第一次以這種形式呼叫他。

醫師鑑定白井的屍體，下了結論，認為是腹部被刺傷而失血致死。他並非法醫學者，所以驗屍不是專業領域，但是他說找不到其他可能的死因，肯定沒錯。

小園間險些暈倒，硬是撐住。

為何白井會死在沙發裡面？為何刀刃刺在他的腹部？盡是令人費解的事，但是這種情況下，死因根本不重要。

問題是「犯人」留下預定的殺人命案，自己死了。

將近半年前，以黑工雇用這名中年男子。他有強盜傷人的前科，為了錢，不惜殺人這一點無可挑剔，可惜人品低劣。為了讓粗野的中年男子身為「白井醫生」，不會顯得不自然，從裝扮到說話方式都矯正了。恐嚇他要是洩密或逃跑就會沒命，同時陪他練習動作舉止，為了慰勞他，還帶他去高級餐廳。小園間認為他也敬仰自己。距離正式表演，還剩一週左右時，他的舉手投足幾近完美。犯罪的步驟也記得毫無闕漏。

沒想到事情會變成這樣……

「已確認死亡。我這就回去。」

小園間快要陷入恐慌，向雅報告完，又進入隱藏通道。

小園間經由管家室，回到司令室，迎接他的是凝重的沉默。

「怎麼搞的？」

果不其然，雅逼問他。她肯定早早開始設法逃避責任了。

小園間沒有回嗆「我哪知道！」而是不發一語地走向操作台。

他重看了一次錄影影像。

白井刺殺天河，鎖上門窗，打破花瓶，鑽進沙發。

他是在哪裡遭到刺殺？難不成是在沙發裡面，自己刺殺自己？

小園間倒轉影像，反覆重播相同場景。

「嗯……？」

他察覺到不對勁，又再倒轉。

「——這個嗎？」

卡爾一臉看熱鬧的表情，伸長脖子。

「不要嘀嘀咕咕，說明一下！」

雅從背後尖酸地發飆。

「請看餐具櫃。」

在白井和天河交談的地方，暫停影像。

「——是短彎刀。」

餐具櫃上，短彎刀放在花瓶旁邊。那是天河在晚餐席間炫耀的農用小刀。

播放影像。

天河睡著。白井靠近床鋪。監視攝影機從客房的入口附近拍攝，所以餐具櫃被白井遮住。

接著，白井將短刀扎進天河胸膛，但是沒殺死，於是再度舉起短刀。

「這裡。」

白井將短刀往下揮之前，天河醒來，移動手臂。他的手掌被白井的背部遮住而看不見，目光望向餐具櫃。

下一秒鐘，白井刺殺天河。愣了半晌後，攏好敞開的長袍，為了鎖上門窗而移動。

「短彎刀消失了。」

餐具櫃上只有花瓶。

「天河刺殺了他？」

雅低喃道。

「他殺害天河後愣住，應該是察覺到被刺傷了。在這個階段，或許不太痛。但是，他大吃一驚。」

「就算這樣，他還是完成步驟，躲進沙發？」

「在思緒停擺的狀態下，遵從他人的指示最輕鬆。白井也姑且遵從事先的協定，之後再思考。他應該沒想到攸關性命。但是，他在沙發裡面嚴重出血，不省人事，就這樣——」

司令室的氣氛為之凝結。

「要是他鬼吼鬼叫，一切的努力就化為烏有了。這或許是不幸中的大幸。」

「大幸個頭！」

雅情緒激動。

「『犯人』居然遭到殺害……根本預料不到！」

「沒想到被害者會攜入刀刃反擊……」

「劇本太簡單了！真是成事不足敗事有餘。」

小園間幾乎快要看穿跟前的桌子。他險些瞪視上司。

雅也看過了劇本。再說，企劃的負責人是雅。沒道理被她單方面地指責劇本不完善。

小園間忽然察覺到從一旁傳來粗重的鼻息聲。

卡爾惡狠狠地瞪著雅。

糟了。

小園間連忙想要制止，但是來不及了。

卡爾嘟嘴反嗆：

「才不是劇本的問題。是因為條件改變了。如果是被害者持有武器這種設定，我就會寫成不同的劇情發展。老子可是專業的！」

「蛤？」

雅和卡爾互瞪。

但是，饒是高高在上的雅也怕作家不幹，無法太過強勢。

「——是啊。比起劇本，都要怪讓人攜入那種東西的人。」

「哼！」

卡爾的心情稍微轉好，冷哼一聲。

「反正都是小園間管家要負責。」

雅強調「小園間」的名字。

為了防止在現場說錯名字，在司令室也規定要以角色名稱稱呼。然而，雅的說法並非有所顧慮，而是企圖釐清責任所在，小園間心裡一清二楚。

「總之，接下來要怎麼辦？我已經告訴貴賓會連續殺人了！『犯人』沒了，要怎麼繼續?!」

「這——只有接下來再想。」

「你想失去工作？」

「不……」

小園間按住腹部。胃痛得要命。

這家公司的工作內容很燒肝，但是薪資很高。小園間已經四十五、六歲了。他無法指望換到條件比現在更好的工作。房貸還沒繳完。夢寐以求的高級車也用車貸買了。他不期待出人頭地，但是唯獨失業，他打死都不要。

「還好，白井在犯罪的期間，用帽子遮住了臉。而且調整了攝影機，晚餐後的動線也沒有被記錄下來。現在換『犯人』的話，應該還不會被發現。」

「客戶事後會要求看殺害時的記錄影像唷。要是亂加工，東窗事發的話，會變成信用問題。」

「不必加工。畢竟連察覺白井遭到刺殺的我們，都要一看再看，好不容易才發現。」

「……」

雅瞪著小園間沉思，隨即從椅子站起來。

「要是露出馬腳，你要負責。」

雅攏好太過敞開的和服胸口，從內側的門離去。

「大師，我們來修改劇本吧。」

小園間一說，卡爾不滿地說：「咦？又要修？」

「你要讓我修改幾次啊？」

「抱歉，因為是這種狀況。」

小園間低頭認錯，避免讓他看到自己憤怒的表情。

你是專家吧？既然如此，就給我三兩下修改好。畢竟付了你遠高於行情的價錢。

「我得加收報酬。」

卡爾面露下流的笑容。

小園間太過用力克制怒火，臉部微微顫抖。

「……抱歉，我馬上回來。」

他走出司令室，在地下通道快步前進。

一進入管家室，他將臉摁在床鋪的枕頭上──放聲大喊。

「一群人渣～～～！」

他將枕頭扔向牆壁，撂倒櫃子的書，抓起放在桌上的咖啡杯，砸向快要關上的隱藏門的縫隙。立即發出摔得粉碎的聲音。

牆壁隨後關上。

他仰望天花板，調整呼吸。

確認冷靜下來之後，整理儀容，再度打開隱藏門。

3

客房外面又傳來細微聲響。

佐藤在床上睜開眼睛。

他從談話室回來，儘管想要睡覺，但是遲遲沒有從亢奮狀態冷靜下來。
雖說隔著走廊，但是天河的屍體就在隔壁，心情不可能好，他也想過要不要拜託小園間替他換間客房，但是他決定不要麻煩人家，以「不准多管閒事」這個指示為優先。不久之前，也有人走在走廊上的動靜，但是他不想走出客房確認。
因為奇妙的打工工作而被派遣到奇妙的洋樓。在那裡發生了奇妙的殺人命案。在此之前，德永失蹤。不太可能完全是巧合。然而，他無從得知從哪裡到哪裡有關，覺得自己變成了天竺鼠。被放入籠子，被人們觀察的研究用老鼠……
客房外面又有了動靜。
「……」
或許是心理作用，好像變得神經過敏。
有人死了。
腦海中浮現天河那張不熟裝熟的笑容。
當時，如果沒有無視的話——
晚餐結束後到天河遭到殺害，過不到兩小時。如果讓來敲門的天河進房，聽一聽他令人有點厭煩的自說自話，是否就不會發生殺人命案？

「我做不到。」

佐藤對著天河的客房嘟囔道。

光是調查德永的線索就有風險。不能多管閒事而被盯上。因此，他遵從了「不准和身邊的人接觸」這個指示。發現屍體後，他也沒有加入眾人的推理。然而，這樣真的好嗎？假如犯人計劃了連續殺人，他不該阻止嗎？

思緒陷入死胡同，他換成趴著的姿勢。

無論如何，線索太少。

畢竟來這裡的目的是找尋德永。雖然對天河過意不去，但是他沒有餘力找尋犯人。

窗戶外面開始泛白。

佐藤從床上起身，坐在扶手沙發上。

「亂步隱。」

奇怪內文的第一句下意識地脫口而出。

假如信的內容是在指示寶物的地點，御影堂家和其朋友們愛怎麼做，隨他們高興。他要無視那種東西，度過停留期間。不過，倘若那是殺人預告，而且是在暗示連續殺人，就跟自己不是毫無關係。該避免的是沒有做好心理準備，就被捲入殺人命案。

因此，如今該以連續殺人的預告信這個前提解讀奇怪內文。如果之後弄清那是尋寶的暗號或單純的惡作劇，一笑置之就是了。

亂步隱
正史堵
最後彬光扭斷脖子

三句奇怪內文是在暗示連續殺人的情況下，若是直接思考，第一句是表示第一起殺人命案。有三句則代表被害者有三人。

然而，即使發生第一起殺人命案，仍舊無法掌握第一句的意思。

「亂步隱藏了什麼？」

佐藤說出口之後，自我解嘲。

沒想到會在真實人生中，像是明智和金田一一樣推理。

若是在書中，他至今做過了無數次推理。

起緣是外祖父書櫃上的幾本推理小說。上小學時，母親因為意外身亡。他漸漸被父親當作累贅，不久之後，父親將他交給外祖父母照顧。幾年後重逢的父親長眠於棺材裡。他沒有被告知死因。大人大概是認為隱瞞孩子比較好。

外祖父母讓他三餐溫飽，也讓他去上學，但是他覺得那與其說是基於關愛，反倒比較接近義務。

他想要向人撒嬌，但是不被允許。抑鬱的小學生的心靈慰藉是推理小說，也是他唯一的娛樂。外祖父母家裡沒有電視，也沒有遊戲。有一天，外祖父從書櫃拿出江戶川亂步的《黃金面具》，遞給了他。

他沉迷地閱讀。

看光書櫃上的推理小說之後，在學校和市立的圖書館一本接一本地借書。遇見推理小說界的明星們——明智小五郎、亞森・羅蘋、亨利・梅里韋爾爵士（Sir Henry Merrivale）。

唯獨和他們一起推理的時候，不會因為沒有容身之處而感到不安。

高中畢業後，他馬上開始工作，外祖父母像是完成任務似地接連去世。舉目無親。工作也只有經歷過打工和非正式雇用。有一種自己和社會毫無連結的空虛感。填補這種空虛的，終究是推理小說。

在奇岩館看到亂步的奇怪內文——

佐藤有一種宿命感。

「亂步隱。」

他再次嘟囔道。

亂步怎麼和天河命案扯上關係？

榊駁斥這種說法，但是既然犯人的身影從密室消失，「隱藏」的果然是犯人的身體嗎？

「預告這種事要做什麼？」

連他都覺得這充滿令人吐嘈的地方。

然而，他怎麼也看不出記述中哪裡顯示天河的為人和殺害方法。

佐藤閉上眼睛，眼皮沉重。

「生理時鐘混亂。」

睡魔在他放棄睡覺時來了。

4

「我不要！絕對不要！」

「拜託！沒有其他方法了！」

「我不要！」

「求求妳！」

小園間對快要哭出來的香坂雙手合十，低頭請求。

「伊藤小姐……不對，只有香坂小姐妳做得到。」

要是此時被香坂拒絕就完蛋了。

「不行！我做不到！」

「放心，我也會幫忙。」

小園間的眼角餘光瞄到卡爾依舊一副事不關己地冷眼旁觀，感到一股殺意。

結果，修改劇本直到早上。

換掉白井，讓別人成為「犯人」的方案四處碰壁。因為有模仿殺人這個條件束縛，所以事到如今要變更各詭計是不可能的事。要設計、製作專用的小道具，至少要花好幾週。因此，詭計照舊，只改變「犯人」。

卡爾不斷抱怨，每次提出新的劇情大綱，小園間就要從頭到尾檢查有無漏洞。每一版劇情大綱都有破綻。光是確認作業就要磨耗心力，卡爾還會馬上鬧彆扭。小園間數度哄他開心，提出創意，然後再檢查。他一夜未眠，身心接近極限，最後終於訂出讓香坂當「犯人」的方案。

「小園間管家當犯人不就好了嗎？」

五十多歲的女性像孩子一樣無理取鬧。

小園間心想，我才想哭。

「發現天河時，我和大家在一起，所以沒辦法變成『犯人』。」

「真鍋老弟呢？」

「那傢伙有其他要做的事，而且主廚在二樓晃來晃去，不自然吧？」

「扮演『提示角色』的那個人呢？」

「全部討論過了。只有妳不會露出馬腳。拜託妳！也會發獎金給妳。好不好？」

「獎金……嗎？」

香坂的眼神變了。

這個人也有隱情才從事這份工作。

「獎金的事，ＯＫ吧？」

小園間試探地問默默聽著的雅。

「咦……欸。」

雅只是含糊地回應，所以小園間重覆確認。

「ＯＫ，對吧？」

「那當然！把原本預定付給白井的報酬——」

「會再加碼吧？」

「——是啊！真是的，明明都在削減開支了。」

雅怒吼回應，雙臂環胸，臉色一沉地別過臉去。

為何發飆？原本該由妳說服香坂吧?!

小園間重新面向香坂。

「金額不少唷。如何？」

小園間牽起她的手，對她訴說。實際上，等於是用一疊鈔票在拍打她的臉頰。

「……」

香坂閉上眼睛許久，默默點頭。

5

時差帶來的倦怠感似乎更勝於各種不安，佐藤熟睡至早餐時間。他坐在沙發上睡覺，全身痠痛到骨頭快散了。

餐廳散發著焦香味。真鍋主廚將簡易調理台搬進餐廳，一一煎培根給想吃的人。

「糧食很多，這一點請勿擔心。」

真鍋快活地說。

佐藤一就座，香坂拿了沙拉、湯和麵包等過來。雖然比晚餐簡單，但是以早餐而言，相當豪華。

餐桌上只有雫久、榊、山根、日日子這四人。眾人或許對於天河的死耿耿於懷，默默地用餐。至於陰沉的山根，則是一口料理都沒吃。船長今天早上也沒有現身，名叫白井的醫師從昨天晚餐後，一次也沒看到他。天河的話太多，現場的安靜更加突顯他不在。

「呃～，這麼說或許對死者不敬～」

日日子開口說道。

「但是悶不吭聲也很怪～，要不要聊一聊命案的事～？」

「是啊。而且有令人在意的事。」

榊回應道。

佐藤沒有說出口，但是表示贊同。

他和雫久對上目光，她立刻笑容以對，他靦腆地點頭致意。

「現場的人當中～，有人認識天河先生嗎～？」

沒有人舉手。

「他是治定先生的朋友，對吧？」

榊這麼一說，日日子點頭。

「他們倆都熱衷於魔術～，他說那叫社會人士的魔術同好會來著？他說他們一起去那個俱樂部～」

「小園間管家對天河先生瞭解多少？」

榊對在入口附近待命的小園間說。

「這個嘛。他和老爺認識，應該是這四、五年的事。他也來過這間公館幾次。對了，香坂小姐。」

小園間叫住正在提供用餐服務的香坂。

「天河先生過去和妳女兒也很熟吧？」

「和紀里子？」

雫久驚呼道。

「雫久小姐也認識她嗎～？」

「因為我們全家和香坂小姐一家有來往。紀里子和我同年，我們原本也讀同一間大學，她也曾是推理小說研究會的成員。」

「那麼，妳們倆也是朋友？」

日日子看了榊和山根一眼，榊稍微想了一下之後點頭。山根依舊低著頭。

「我們是純讀者，紀里子自己也寫過推理小說。對吧？香坂小姐。」

雫久將臉轉向香坂。

「好像是。但是她不肯給我看。」

「其實紀里子和天河先生在交往？」

「是啊。我也不知道是從什麼時候開始的。聽說我讓那孩子來這裡幫忙時，她被天河先生搭訕。她回到東京之後，兩人好像也有見面。」

「不會吧！我完全不知道。」

雫久瞪大雙眼。

這種感覺是怎麼回事？

佐藤若無其事地環顧餐桌。

剛才的對話有一種刻意的味道。

香坂女傭的女兒紀里子——

她的出現給人一種唐突的感覺。

「請問～，我可以發問嗎～？」

日日子舉手。

「雫久小姐～，妳剛才提到紀里子小姐～，說妳們『原本』也讀同一間大學、她在推理小說研究會『寫過』推理小說，都是用過去式～，那現在呢？」

「這……」

雫久頓時語塞。

香坂也垂下目光。

小園間將手放在她的肩上。

「工作到一半，不好意思。妳可以下去了。」

「是。」

香坂低著頭走出餐廳。

「香坂小姐的女兒去世了。」

小園間邊回頭邊說。

「方便知道原因嗎～？」

饒是日日子也露出認真的表情。
雫久和小園間互看一眼之後回答：
「自殺。」

用完餐的人依序回去客房。
晚來的佐藤留到最後，赫然回神，他和雫久兩人獨處。
「我吃飽了。」
他輕聲說，正要離開餐廳時，被雫久從背後叫住。
「佐藤先生，可以聊兩句嗎？」
「啊，好。」
佐藤避免顯得舉止可疑，努力自然地點頭。
「你怎麼看天河先生的事？」
「咦？」
她為何想問這種事？
「佐藤先生，你在眾人面前不太說話。可是，我知道你的觀察力出眾。一定在進行與眾不同的推理。」

「不……我這種人……」
「隱瞞也沒用。我好歹也是推理小說研究會的成員。」
佐藤差點被雫的笑容吸引。
若無這種機會，他根本不可能和雫久這種大小姐交談。
佐藤在意四周。
餐廳只有他們兩人。
「那麼，我就稍微透露一點……雖然是愚蠢的推理，但我認為那封信暗示著連續殺人。」
他說出口了。
後悔的念頭立刻湧上心頭。
你這個蠢貨，嗨個什麼勁兒啊！
他心想「雫久會投以輕蔑的眼神」，萬念俱灰，但是她的反應正好相反。
「連續殺人——嗎？這我連想都沒想過。理由是？」
「真的很單純。線索很少，而且我想八成是我擔心過了頭。」
佐藤先講了一堆藉口。他怕雫久失望。
當他戰戰兢兢地想要繼續說下去時，耳朵卻全神貫注的聆聽周圍聲音。

「……剛才是不是有聲音？」

「有嗎？」

雫久好像沒有察覺到。

即使如此，他確實聽到了。

什麼東西掉落的聲音。八成是從公館外面傳來的。

「佐藤先生。」

雫久深感興趣地等他繼續說下去。

他無法放棄宛如置身天堂的幸福時光。

而且剛才耳朵變得過度敏感。假如是心理作祟，豈不蠢到家了？

佐藤決定告訴雫久所有推理內容。

6

山根的屍體頭下腳上地墜落地面。

小園間在草叢中，眺望著脖子骨折的屍體。

即使是上午，戶外依然悶熱。

香坂從屍體正上方的二樓窗戶探出頭來，將鈍器丟在屍體上。她望向這邊，點了點頭。看來一切順利。

小園間穿著釣魚用的連身長靴，躲在草叢中等待香坂。

公館的西方和南方有一片森林。山根和榊住在二樓西側的親屬房間，一樓西側的客房則分配給天河跟佐藤。

幾分鐘後，香坂從玄關出來，扛起屍體。山根矮胖贅肉多。對於年邁女性而言，搬運他的屍體是一項吃力的體力活。她氣喘吁吁地搬到小園間的身邊。

「辛苦了。」

小園間確認香坂和屍體躲在草叢中，助她一臂之力。森林裡的監視攝影機關閉了。小園間幫忙的樣子不會被記錄下來。

香坂也穿上放在地上的連身長靴。因為原本是按照白井的尺寸準備的，所以相當寬鬆。

兩人變成像是漁夫的裝扮，一左一右地扛著屍體。

「這傢伙好重啊。」

兩人一邊抱怨，一邊帶著屍體前往森林深處。

他們抵達長邊直徑十公尺左右的沼澤，先放下屍體。

「這是池塘吧？」

香坂將鐵鎚這件凶器扔進沼澤，雞蛋裡挑骨頭。

「是沼澤啦、沼澤。畢竟打造不出湖泊，起碼得設定為沼澤。欸，這是人造的，所以嚴格來說，終歸都是池塘。」

小園間也不能接受「沼澤」的完成度。

心想：我想要弄得更大一些，但是因為大人的緣故而死心。

「快快快，不快點結束的話，會露出破綻唷！」

小園間激勵香坂，兩人合力倒栽蔥地抬起山根。

他們就這麼走進沼澤，在規定的位置將山根從頭往下扎。

事先在沼澤底部挖掘深洞，為了避免灌水之後被土埋住，以塑膠管保護。割開塑膠管之後，周圍的土流入洞中，逐漸掩埋山根的上半身。

「這種……累死人的事……到底是誰想出來的？……是那位小說家嗎？」

香坂抓住山根的腳踝咒罵道。

「關於這件事……大師……沒有錯……因為他是按照……『偵探』的要求。」

「就算這樣……其他方法多的是……」

「唉……事到如今……抱怨也……」

「啊，我不行了。再也使不上力了。」

香坂突然叫苦連天。

「咦？還差一點！加把勁！」

「啊～，我沒力了！我要放手了。」

「不行啦！再加把勁！否則扣獎金唷！」

小園間持續鞭策香坂，終於將屍體的上半身固定在沼澤底部。然而，若是就此放手，下半身就會彎折，變成「く」字。

「香坂小姐，妳還撐得住嗎？」

「我早說了不行。」

「那我扶著他的屍體，妳去拿固定的木棒來。」

「在哪裡？」

「我們開過會吧?!在那裡！」

小園間抓著山根的兩個腳踝，揚了揚下巴，指著豎立在沼澤旁的木棒。

香坂的雙腿受阻於沼澤，緩緩地前往岸邊。

「動作快！我也累斃了！」

「好啦好啦。」

香坂完全沒有加速，緩緩地上岸，拾起放在一棵樹根部的兩根木棒。那是將樹枝鋸掉枝葉製成的棒狀物。

「喂！不要把它當作拐杖！折斷怎麼辦！」

「我腳軟了嘛。」

香坂將兩根木棒當作滑雪杖，回來沼澤。

「啊……」

「怎麼了？」

「沒事……」

「妳剛才啊了一聲吧？」

「我沒有。」

香坂好不容易抵達，小園間從她手中接過固定的木棒。

「啊！折斷了！」

一根木棒從正中央一帶裂開，呈現快要折斷的樣子。

「它原本就這樣了。」

「妳少唬爛！我好好確認過了！算了。它應該勉強撐得住吧。」

小園間從山根的褲管插入固定的木棒，延伸至背部，再將木棒深深扎入，埋在沼澤底部。像是倒立一樣，山根的雙腳以從水面突出的狀態被固定。

「好！」

小園間在內心擺出勝利手勢，離開屍體。

他已經渾身是汗。好熱。好想沖個冷水澡。

小園間如此心想，視野搖晃，被泥土絆倒了。

完蛋了──

中年男子的身體趕不上反射神經。他面部朝下地倒在沼澤中。

口中充滿泥土味。

他掙扎著站起來，和香坂四目相交。

她憋住笑意。

死老太婆……

她是在蠢上司手底下，一起吃苦的戰友。

小園間覺得原本這麼想的自己是智障。

「還愣著幹嘛，快就位！」

小園間氣不過地粗聲粗氣。

香坂打個冷顫，站在屍體前面。

小園間上氣不接下氣地離開沼澤，打開無線電的開關。

「聽得到嗎？」

〈嗯。聽得——到。〉

雅的回應斷斷續續。

耳機好像壞掉了。但是，麥克風好好的。

「準備好了。請三十秒後打開攝影機。」

〈收——到。〉

「香坂小姐！三十秒後！」

「好啦好啦。」

「『好』說一次就夠了！」

小園間移動至攝影機的死角，躲在草叢中。他看了手錶一眼，已經十點半多了。比想像中更費勁。

香坂在數到二十幾秒時，抓住「Y」字型伸向天空的雙腳，開始將山根扭進沼澤底部的動作。努力一分鐘左右後，從沼澤走出來，脫掉連身長靴，摺成小小一件，藏在草叢後面。

她重現了橫溝正史的《犬神家一族》中，十分有名的一幕場景。
香坂完成步驟，從玄關回去館內。
小園間沒有走玄關，而是從岩山的隱藏門回去。滿臉的泥巴已經漸漸乾了。他無法用這副德性出現在人前。他一百個不願意地前往司令室。
磐崎技術人員坐在監視器前面，看到他全身泥巴的模樣，瞠目結舌。小園間不發一語。
「……辛苦了。」
磐崎體貼地點頭致意，但是卡爾露骨地譏笑。
小園間一句話也不說，進入毗鄰司令室的工作人員值班室。
公館後方的岩山裡，營運偵探遊戲所需的設施和設備一應俱全。監視館內、儲存物資、工作人員的值班室，所有設施加起來的話，光是平方公尺數就高達公館的好幾倍。
話雖如此，對於小園間而言，館內才是主戰場，幕後的設施頂多只會使用司令室和工作人員值班室。
「媽的！」
小園間在值班室一面淋浴，一面吼道。

泥巴是沖掉了，但是焦躁的情緒依然沉澱在心中。

他並非原本就喜愛推理小說，而是因為工作需要，所以勉強努力，死記硬背。他的努力有了代價，達到了能夠和客戶、作家對等談論推理小說的水準。然而，推理小說從來沒有成為興趣。每次邁入偵探遊戲的最後一幕，他都能獲得成就感，而且金錢入袋。這就夠了。他打從心裡如此認為。不過，他在工作中看到有人能砸大錢消除壓力，感到羨慕。他自己做不到。他為了發洩壓力而花錢，為了賺錢而累積壓力。他的前一份工作是在電機廠商當業務員，如今的工作在本質上毫無改變。

胃又痛了起來。

他咬緊牙根，按住腹部。

身體不適居然會對工作造成影響，真的是上了年紀。他時常站起來時頭暈或暈眩，但沒想到偏偏在沼澤跌倒……

說到這個，他去年接受定期健康檢查，收到了複檢通知。他忙得置之不理，但是這次忙完之後，就請假吧。他要保養身體、滋養心靈。去旅行也不錯。

他想像沖繩和夏威夷的天空，設法讓心情緩和下來。

7

到了中午，佐藤前往餐廳。

他這次搶到了頭香。

坐在座位上不久，雫久和日日子就來了。

「大家好像沒有到齊，但我們先吃吧。」

在雫久的提議下，只上了三人的料理。

小園間、真鍋、香坂提供用餐服務。

或許是心理作用，小園間的臉色看起來很差。

「推理小說研究會的男生居然遲到，真是稀奇～」

日日子一面說，一面將調味醬淋在沙拉上。

船長和白井也就罷了，榊和山根是第一次用餐時沒有現身。

「他不在啊？」

耳邊響起這句話，回頭一看，榊一臉詫異的表情，站在餐廳的門口。

「咦？山根同學呢？」

被雫久這麼一問，榊的臉色沉了下來。

「他不在客房。我也看過談話室和會客室了，但是沒找到他。」
「他大概去哪裡了吧。」
日日子皺起眉頭。
佐藤也有不好的預感。
「是不是去找他比較好？」
在小園間的強烈請求下，雫久從座位站起來。
「是啊。我們在館內到處看一看吧。」
「可是，館內相當大～」
「對了！各位這邊請。」
小園間帶著一行人到餐廳外面。
他們先來到大廳，然後進入會客室，小園間引領一行人至房間角落。
「請看這邊。」
放在那裡的是奇岩館的模型。
連背後的岩山、側面的斷崖也重現了。此外，還有顯示一樓和二樓格局的平面圖。
「在這邊說明應該比較容易有概念。」

2F

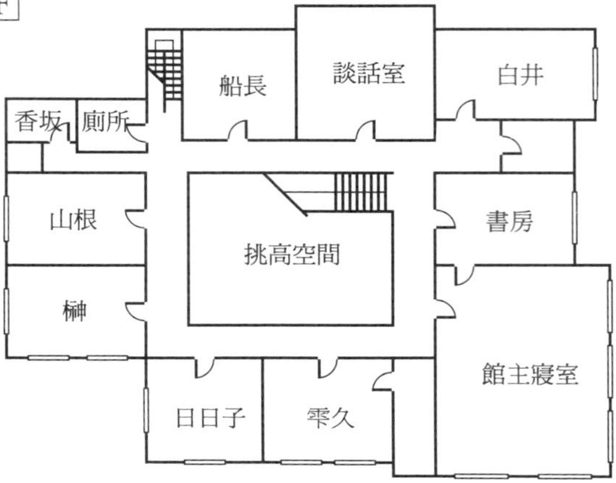

1F

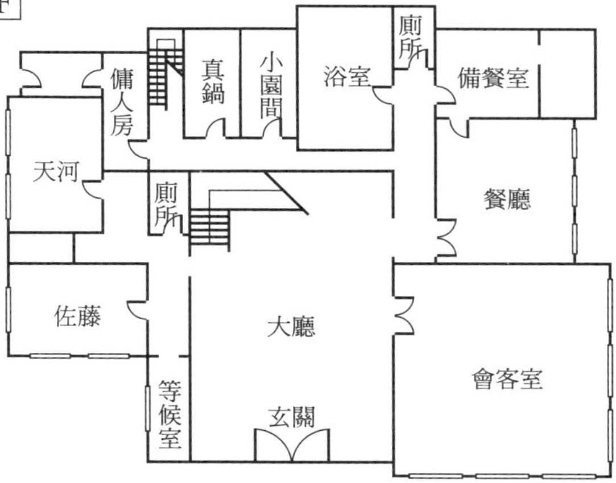

地下室

廚房　鍋爐室

傭人浴室及廁所

洗衣室

3F

倉庫

衣帽間

「好可愛～。為什麼製作了這種東西呢～？」

「老爺對格局很講究。他說想給客人看……」

小園間首先說明了公館的格局。

一樓是以接待來賓為主要目的，亦打造了住宿用的客房，有館主的客人——天河和佐藤住宿的客房。其他人被分配到位於二樓，不再使用的親屬房間。

「學長看過的是？」

「二樓是我和山根的客房。然後是談話室。走廊也全部確認過了。一樓也看了大廳、會議室、餐廳和等候室。」

「也就是說，共用空間大致上都看過了～。你有想到其他山根先生可能會去的地方嗎～？」

日日子問榊。

「沒有。我和山根都是第一次來這裡。反倒是雫久和小園間管家有沒有想到哪裡？」

「他不在地下室的廚房吧？」

被小園間問到，真鍋點頭。

「是啊。廚房和酒窖也沒那麼大，假如有人進來，我應該會察覺到。」

「他也沒來備餐室。浴室現在也鎖上了。」

香坂低調地補充道。

「三樓是什麼地方～？」

「倉庫和衣帽間，但是都鎖上了。」

小園間回答日日子的問題。

佐藤從眾人的後方眺望著模型。

若是包含個人房間，能夠躲藏的空間有好幾個。然而，山根根本不太可能在館內閒晃。

也就是說——

「他在外面。」

榊也做了和佐藤相同的推理。

「不，玄關鎖上了……」

「總之，我們去找看看吧。」

雫久命令困惑的小園間，一行人打開玄關的門鎖，來到外面。

「大家分頭找。」

在雫久的指示下，一行人散開。

佐藤繞到面向天河和自己客房的庭院。

「山根先生～」

現在是這種狀況，大聲呼喊應該沒有問題。

佐藤仰望公館。

二樓、三樓的窗戶不見人影。

四周也找不到人。

去森林看看吧。

他一個轉身。

此時，響起真鍋的叫聲。

「大小姐！各位！」

佐藤趕緊折返。

真鍋在圍牆前面彎著腰，手放在膝蓋上，氣喘吁吁。

分散的眾人聚集而來。

「那邊……沼澤裡……」

小園間小跑步前往真鍋手指的方向，其餘的人也追在後頭。

森林裡有個小沼澤。

小園間杵在它的旁邊。

佐藤最後一個抵達。

「山根……」

榊罕見地驚慌失措。

在沼澤的中央，有個倒立的人的一隻腳伸出來。

8

糟了……

小園間按住額頭。

山根的屍體倒立，原本雙腳應該呈「Y」字，從沼澤突出來。他們實際上如此精心處理了。

但是，眼前的屍體一隻腳向前倒下，簡直像是在跳水上芭蕾（synchronized swimming）。如今改名為花式游泳（artistic swimming）了吧……總之，那姿勢很蠢。

小園間馬上就想到了原因。因為支撐雙腳的其中一根木棒斷了。

他望向站在一旁的香坂。
戰犯尷尬地別開目光。
「所以我就說嘛。」
小園間沒有動口，小聲咒罵。
香坂裝傻，假裝沒聽到。
可惡……
如此一來，看起來不像《犬神家一族》。
「怎麼會這樣……簡直像是《犬神家一族》。」
不得已之下，小園間只好自己說。
擺明了就是背台詞。
「是嗎？」
有人在背後咕噥了一句。
回頭一看，佐藤以冰冷的目光看著屍體。
這個小鬼！
「看起來……不像嗎？」
小園間極力平穩地逼問佐藤。

「啊，不像……因為是單腳……」

佐藤好像下意識地脫口而出，困擾地低下頭。

你若是後悔，就永遠閉嘴！混帳傢伙！

「正史堵～」

日日子的悠閒語氣讓小園間冷靜下來。

「那封信的第二句～，會不會是在暗示這件事？」

「經妳這麼一說，果然是！」

小園間卯起來附和。太過強力主張，反而顯得不自然。此時得把這件事圓過去才行。

「有可能耶。」

榊看著山根的腳說。

「姿勢確實有點不同，但是考量到那封信的內容，這是在重現《犬神家一族》中，佐清命案那一幕。」

「是、是啊！八成、一定是這樣！」

小園間接二連三地附和。

好，就這麼定了。

小園間忍住險些流露的笑容。

「好，我們回去吧！」

這種慘狀，一秒也不能置之不理。

小園間不在意弄髒衣服，進入沼澤，趕緊搬出山根的屍體。

他安慰哭倒在地的雫久和咬牙切齒的榊，讓香坂拿來草蓆。

「明天就能報警。在那之前，我們無能為力。」

小園間如此說道，讓香坂將草蓆蓋在山根的屍體上。

他引導一行人至館內，眾人神情複雜地離開沼澤。

唯獨一人——佐藤心存懷疑地回顧沼澤。真是令人火大。

但是，順利地堅持到底。

小園間若無其事地將回到館內的一行人引領至會客室，然後跑到管家室。

他脫下滿是泥巴的衣服和內衣褲。今天第二次更衣。已經沒有備用的管家服了。

他回到會客室，瀰漫著凝重的氣氛。

「為什麼山根同學會……」

坐在沙發上的雫久垂下肩膀。

「因為我找他來……都是因為我，山根同學才會……」

「不是。」

榊予以否定。驚慌的神色已經消失。

「我和山根都是按照自己的意願來這裡。再說，遭到殺害的不只是山根。天河先生的命案和雫久收到的信，恐怕都是同一個犯人所為。我一定會讓那傢伙受到報應。」

「這次的殺人命案很獵奇～。進入我的領域了～」

日日子不看現場的氣氛，白目地微笑。

「據我所見～，死因應該是頭部或頸椎的損傷所致～」

根據小園間看到的情況，山根從二樓墜落地面時就已當場身亡。應該是香坂從背後撲殺他。然而，說不定他當時還有一口氣在。也有可能是脖子骨折使他斷氣。無論如何，都不會被警方看見，死因也不會真相大白。山根遭到殺害這個事實具有意義。

「為何犯人不只殺害，還要做出那種殘忍的事？」

雫久雙眼通紅地問，榊邊扶正眼鏡邊說：

「這可說是一種模仿殺人。犯人仿效《犬神家一族》。理由不明，但是費了那麼大的勁。對於犯人而言，八成具有相當大的意義。蒲生女士，獵奇犯罪學也在研究模仿殺人嗎？」

「嗯～。有案例是為了儀式或凌辱被害者而對屍體加工～。但是這次的殺人命案硬要說的話，應該以推理小說的世界為標準思考比較好～」

「這話怎麼說？」

「因為犯人一定是推理小說狂熱者～」

「是啊……我同意。」

榊點了點頭。

「那麼，榊先生，在推理小說的世界，進行模仿殺人的理由是？」

「……關於這一點，至今有許多作家絞盡腦汁。也有一種實際利益性動機是透過模仿什麼，讓偵探產生錯覺，使自己被排除嫌疑。」

小園間後退一步，聽著榊開講。

如同榊所說，古今中外的作家創作了五花八門的模仿殺人動機。光是殺人也有被捕的風險，特地精心加工就存在相應的動機。這次的劇本中，也準備了香坂進行模仿殺人的理由。

欸，真正的理由是因為客戶提出要求……

小園間在內心苦笑時，香坂進來房間。
她不發一語地靠近小園間，在他耳畔低語。
「我知道了。」
小園間點頭，香坂又默默地離開房間。
雖說是必經步驟，但是心情變得沉重。
會客室內的話題從犯罪動機（whydunit），變成了兇手是誰（whodunit）。
「我吃完早餐，回到客房後就沒有見到山根。」
「也就是說～，他是在早餐和午餐之間遭到殺害～，然後被搬到沼澤～。行凶的機會是這三小時啊～。嗯～，誰都有可能犯罪～」
小園間一面聽著眾人的對話，一面伺機發言。
他思考對話的內容，嘴唇乾渴。
「呃～，關於這一點……」
他把心一橫，插嘴說道。
「山根先生好像才剛死。據說最早也是一小時半左右前。」
一行人回頭望向小園間。
「你的意思是中午左右嗎？」

榊看了手錶一眼。

「現在是下午一點半。我們趕到沼澤是三十分鐘左右前。也就是說，他是在屍體被發現的一小時前遭人殺害？」

「似乎是這樣。」

「為何你能一口斷定？」

「……這說來話長，問題是時間。午餐是從中午開始。餐廳裡有三名傭人和大小姐、蒲生女士、佐藤先生。」

小園間含糊地告知是誰推斷了死亡推定時間。

「這代表我們有不在場證明吧～」

日日子說道，頻頻點頭。

「晚來餐廳的我沒有不在場證明吧？」

榊有些自我解嘲地說。

「可是，死亡推定時間充其量是中午左右。假如犯人是在午餐前殺害山根，讓他沉入沼澤之後，衝到餐廳的話，是不是誰都能行凶？」

若是在那麼短的時間內能夠完成，就不會那麼辛苦了。我可是毀了兩件衣服唷！

小園間基於背後因素，垮著一張臉。

但是，不必深究這一點。因為他有更強大的依據。

小園間依舊垮著一張臉說：

「榊先生，那是不可能的。」

「不可能？為何？」

「因為豈止中午，在那之前也沒有人外出。」

「小園間管家。這就奇怪了。實際上，山根同學是在外面……」

雫久巧妙地加入話題。

「你有根據能夠一口斷定沒人外出？」

榊的眼睛從眼鏡後面射出銳利眼神。

小園間挺起胸膛。

他能夠堂堂正正地回答這個問題。

「玄關總是鎖上，鑰匙在我手上。早餐之後，香坂在整理庭院，從此之後，直到和各位出去找人之前，玄關都一直鎖上。所以在午餐之前，無法進出。」

「後門如何？」

「雖然有傭人使用的後門，但是前幾天門鎖壞了，處於無法使用的狀態。」

這是真的。通往傭人房的後門打不開。結束屍體加工後，小園間走的是直接通往地下的秘密入口。當然，它設定為不存在。

「無法從窗戶出去嗎～？」

「公館北側連接岩山，所以沒有窗戶。東側是斷岸，所以不可能從窗戶出去。」

「能夠出去的，就是西側和南側的窗戶吧？」

榊看著公館的模型。

「是啊。但是，我們一直為了準備午餐而進出餐廳。如果有人扛著山根先生下樓，我們應該會察覺。」

「要是從一開始就在一樓的人呢？」

榊側眼望向佐藤。

佐藤嚇得聳起肩膀。

「佐藤先生一開始就前往餐廳。我們能夠證明他沒有外出，而且相對地，佐藤先生應該會證明我們傭人一直待在餐廳周圍。」

小園間幫忙解圍，佐藤點頭如搗蒜。

光是雫久和日日子的證詞，就足以證明傭人待在餐廳，但是提出一開始就來的佐藤應該更為自然。

「沒有人從一樓出去。三樓鎖上了而上不去。這麼一來，剩下的就是二樓的窗戶……客房面西或面南的是我和山根、雫久、蒲生女士。」

「咦？我也是嫌犯嗎～？」

日日子苦笑道。

「不，我是在說離開公館的路線。不過，就算能從窗口跳下去，要回來卻很困難。」

「如果使用繩索呢？」

雫久窺視榊的表情。

「對女性有難度，男人或許辦得到。可是，在山根的客房窗戶找不到使用過繩索的痕跡。你們可以也檢查我的客房。」

「不會留下痕跡的物品如何～？像是梯子～」

「沒有。」

佐藤小聲說道。

「外出時，我尋找了公館的西側，但是沒有看見可以作為梯子的物品。地上也沒有套索之類的東西。」

「是嘛。」

雫久像是鬆了一口氣似地喘氣。

小園間擺出坦蕩的姿態。

若是這種程度的發言，我就睜一隻眼、閉一隻眼吧。奇異性增加，反而正合我意。

榊按住眼鏡的鼻樑架。

「也就是說，山根遭到殺害，被沉入沼澤時，沒有人在公館外面。非但如此，連山根也無法外出。可說是逆密室（註4）——」

「逆密室？」

雫久複誦一遍。

「除了模仿『犬神家』之外，還是逆密室嗎～？犯人也真有一套耶～」

日日子狀似愉快地放鬆嘴角。

小園間也在內心竊笑。

註4　死者在密室之外死亡，形成和傳統密室相反的狀況。

沒錯。不會僅止於一般的模仿，還要更上一層樓的詭計。唯有做到這種地步，才能讓客戶滿意。豈能因區區突發意外，就捨棄嘔心瀝血的劇本?!

「對了，話說回來，你是怎麼推斷山根的死亡推定時間？」

榊將頭轉向小園間。

該來的總是要來。

小園間看開了。

反正無法避免。

「香坂鑑定了屍體。」

「香坂小姐嗎？」

榊露出詫異的表情。

小園間嚥下一口唾液。

我打死都不想說這種愚蠢的台詞。但是，非說不可。

小園間豁出去了，一口氣說：

「香坂是前法醫學者。」

感覺一瞬間像是永遠那麼長。

我心知肚明。終究是硬凹。然而，別無他法。

原本應該是「白井醫生」殺害山根，由他親自告知假的死亡推定時間。

但是，白井死了，香坂是唯一能夠取代「犯人」的人。沒有時間從頭重新擬定其他詭計，調整到不會和其他行程產生齟齬。因此，直接善用「逆密室」這個詭計。如此一來，只好讓香坂告知死亡推定時間。結果，新增「香坂是前法醫學者」這種設定。

香坂遠離會客室。不能讓她那張因緊張而緊繃的臉，暴露在眾人面前。

小園間忽然感覺到視線，望向房間角落，佐藤皺著眉頭，眼睛看向這邊。

夠了，別露出那種表情！

小園間感覺自己氣得面紅耳赤。

9

榊和日日子說他們想要重新調查館內和森林。

佐藤沒有陪同調查，獨自回到客房。比起解謎，他想要以避免風險為優先。

他把自己拋到床上，眺望天花板。

果然發生了連續殺人。自己來到了不該來的地方。

但是，實在可疑。山根在沼澤被人發現，姿勢未免太過裝模作樣。

——正史堵。

那是模仿橫溝正史的作品的情景。到外面的路線全被堵住，變成逆密室。奇怪內文的第二句顯然在暗示山根命案。

「不行、不行。」

佐藤挺起上半身，中斷思考。

我不是來這裡解開連續殺人之謎的。我是來搜尋德永的。然而，遇上驚險刺激的命案，忍不住對此感興趣。

且慢！

這反而是機會吧？如果假裝隨同榊他們調查，就能光明正大地在公館各處調查。尋找德永失蹤的線索不就會變得容易許多——？

像是責難他的奸計似地，有人敲門。

佐藤差點跳起來。他為了佯裝冷靜，隔了一會兒才回應。

「我是雫久。」

歡喜和警戒這兩種相反的情緒同時湧現。

自從來到這裡以來，和雫久對話是唯一會感到開心的時候。然而，沒有確切的證據，證明她不是殺人犯。

「呃……我想聽一聽佐藤先生的推理。」

雫久嬌羞的語氣，奪走佐藤的戒心。

他緩緩打開房門，雫久的表情一如想像地出現在眼前。

「抱歉，打擾你休息。」

雫久點頭行禮，佐藤請她進入房內。忽然間，天河的身影掠過腦海。昨晚，如果像這樣讓他進來，或許他現在還活著。

「雫久小姐，妳一個人嗎？」

走廊上沒半個人。

「是啊。榊學長和日日子女士去沼澤了。」

隔了半晌。

和雫久在客房兩人獨處。要他別意識到這一點是強人所難。

「山根先生……真令人遺憾。」

「是啊……再怎麼道歉也不足以表達我的歉意。」

「榊先生也說了，這不是妳的錯。有錯的是犯人。」

連佐藤自己也覺得這是廉價的安慰，但是他為了填補對話之間的空白，拼命說個不停。

「我……不喜歡這間公館。」

「……為何？」

「昨晚，我告訴你我在這一帶看見人影，對吧？」

「對。」

雫久聽到花瓶破裂的聲音，嚇得尖叫。半夜傳出巨響，任誰都會驚嚇，但是發出尖叫，未免太過了。然而，雫久在發出巨響的稍早之前，在大廳看見人影。或許是這件事使她的恐懼倍增。

「其實，我從以前就覺得這間公館有人的氣息。」

「那是因為有人住——」

「不，不是這樣，明明應該沒有任何人，但是好像有人在看自己……在會客室或談話室，坐在沙發上時，感覺一旁有人。」

「妳是在講鬼魂之類的靈異事件嗎？」

「我不知道……可是，我感覺到人的氣息是在昨天或今天這種有許多客人的時候。」

「妳的意思是，這和天河先生跟山根先生的死有關？」

「倒是不至於……可是，我好害怕……」
雫久手撫胸口，臉色一沉。
「為什麼找我討論？妳不是跟榊先生比較親近？」
「我以前找學長討論過，被他嗤之以鼻，所以我這次找他，希望他實際調查。可是，事情演變到比鬧鬼更嚴重……再說，只有你說中了連續殺人。」
雫久歉疚地抬頭看著佐藤。
她在仰賴自己。這是佐藤第一次經歷的愉悅。他打從心裡想要幫助她。
「其實，我剛才聽到妳說的話，內心浮現一種假說。」
「什麼假說？」
雫久的眼睛為之一亮。
不要緊。這裡應該不會露餡。
佐藤指著扶手沙發。
「餐廳裡也有這種椅子，對吧？會客室和談話室裡也有。」
「是啊。這是家父特別訂製的。除了傭人的房間之外，大部分的地方都有擺放。」
「令尊……」

佐藤猶豫該不該說下去。

「佐藤先生？」

「呃……妳或許不要知道比較好。」

「但說無妨。請告訴我。」

雫久剛強地催促他說下去。

「有客人上門的日子，妳坐在會客室或談話室的沙發上，就會感覺到一旁有人的氣息，對吧？」

「是啊。」

「妳坐的沙發，是否和這張一樣？」

「……經你這麼一說，確實是。」

「天河先生的客房裡，也有一樣的沙發。」

「是啊……那有什麼關係？」

「我終於知道『亂步隱』的意思了。」

「咦？」

雫久瞪大眼睛。

她的反應很老實。佐藤對她的好感越來越多。

「我要是整個猜錯的話，那就丟臉了。」

佐藤一面說，一面開始調查扶手沙發。

「嗯？這裡啊……」

他抓住背面的木框一拉，木框往上滑動，能夠卸下。沙發裡面是空洞。底下放著底座，讓人能夠坐著。

「這是什麼……？」

雫久皺起眉頭。

這張沙發重現出現在江戶川亂步的代表作中的「人間椅子」。居然製作這種玩意……

佐藤的好奇心滾滾湧現。他試著進入沙發裡面，坐在底座上，將雙臂伸進扶手的內部。上半身收進靠背，處於坐在椅子裡面的狀態。

「請坐看看。」

佐藤從沙發裡面對雫久說。

「坐？」

聽見雫久驚訝的聲音，佐藤詛咒自己的愚蠢，冷汗直冒。

「咦，啊，這個，那個，我想要驗證，不好意思！呃～，怎、怎麼辦呢？」

在狹窄的空間內引發恐慌，焦躁增幅為數倍。他的腦袋完全變成一片空白。

「我知道了。不好意思。」

「咦……？」

大腿上有柔軟的觸感，接著從腹部到胸部感受到雫久的體重，也感覺她的手臂放在自己的雙臂上。隔著一層薄皮革，雫久緊貼著他的身體。

一種妙不可言的感覺，令他霎時差點忘了目的。

「呃……我會不會很重？」

雫久難為情地問道。

「一點也不重。剛剛好。」

話一說完，佐藤又羞紅了臉。就不會用別種說法嗎？

他試圖含糊帶過，立刻接著說。

「呃～……怎麼辦……這類似以前感覺到的氣息嗎？」

「我不確定……」

「我安靜一下，請妳確認。」

佐藤避免再出包，閉上嘴巴。

雫久也沉默了。

沉默令神經不由自主地集中於觸覺。佐藤感受體型、體溫、動作──雫久的身體。

突然間，雙臂變重了。大腿變輕，雫久的體溫消失。看來她好像站了起來。

「謝謝。」

佐藤聽到雫久道謝。

他感到些許遺憾，不，是相當遺憾，從沙發出來。

「怎麼樣？」

「我覺得……一樣。」

謎團解開了，但是雫久的表情暗淡。

製作這種椅子的是御影堂治定──雫久的父親。

「家父製作這種東西……」

「令尊熱愛推理小說和魔術，這很符合他的作風吧？」

佐藤自己都覺得這種安慰好差勁。

製作人間椅子，擺放於館內的所到之處。這種行為……不可能來自於純粹的玩心。

「家父是……變態嗎？」

雫久的臉色蒼白。

「這個嘛……」

佐藤含糊其詞。

即使委婉地說，也不得不說他是相當程度的變態。

「不過，我想令尊至少並非想讓妳坐。」

「……是嗎？」

「妳感覺到氣息——也就是令尊進入人間椅子，只有客人上門的日子吧？這代表他的目標是那些人。這裡是不是也經常有女性客人來？」

「是啊……經你這麼一說，我感覺到氣息好像是有女性客人來的時候……」

雫久像是在回溯記憶地沉思。

「被妳坐的時候，令尊想必也感到困擾吧。」

「是、是啊……噢～，我想起來了。我坐在這種沙發上的時候，其他沙發會蓋上防塵罩，或者擺放物品，讓人不方便坐。」

「一定是在引導目標坐在人間椅子。事先找來目標對象，讓對方坐在自己進入的人間椅子。御影堂先生一直不來的話，坐著的人遲早也會不耐地回去。然後伺機偷偷地從椅子出來即可。我想是這種機關。可是，有幾次碰巧被妳坐了。」

「真是的……」

雫久垂下目光。

縱然對女兒沒有獸慾，御影堂治定鐵定是個不正常的性變態。身為女兒，想必無地自容。再說——

「……這種椅子和那封信有關係嗎？」

雫久神色緊張地望向佐藤。

「我不能一口斷定，但是八成有……」

佐藤含蓄地點頭。

那封信第一句所寫的奇怪內文是「亂步隱」。人間椅子擺放於館內各處。犯人從密室消失。連結這些事，天河命案的密室詭計就會浮現眼前。而製作人間椅子的是御影堂治定。假設治定是犯人，他如今也潛藏在館內——

不行。不能再深入下去。

佐藤停止推理。他雖想助雫久一臂之力，但是負擔太重。

「佐藤先生，謝謝。」

雫久悲傷地微笑。

因為父親不僅有不正常的癖好，而且說不定和殺人命案有關。她想必相當不安。但是，她沒有驚慌失措，反而穩住了陣腳。

佐藤對雫久感到憐惜。

「我非常不安……非常……」

雫久的雙眼濕潤。

佐藤胸口一緊，不能棄之不顧。

「雫久小姐，我——」

佐藤欲言又止。他對於仍在遲疑自己感到火大。

「佐藤先生。」

雫久以濕潤的眼眸筆直地凝視佐藤。

「雫久……小姐？」

佐藤拼命維持快要失控的理性。

於是，雫久閉上雙眼。

忍耐超出極限，他放棄所有思考。

佐藤吻向雫久。

不，如此一來，等於是欺騙雫久。唯獨對她，我要坦誠一切。

「雫久小姐……我是因為打工工作而來到這裡。旅客身分是騙人的。抱歉……可是，我會全力協助妳——」

他突然胸口被推開。

「咦？」

他陷入了輕微的恐慌。

望向雫久的臉，她美麗的臉龐上出現怒容。那是她至今沒有顯露過的表情。

「蛤？打工工作～？」

語氣也很尖酸。

「……雫久小姐？」

佐藤無法接受這個情況。眼前的人不是楚楚可憐的大小姐。

雫久不悅地游移目光後，大聲地發出「嘖」的聲音。

說時遲那時快，她突然摟住他

究竟是怎麼一回事？

佐藤目瞪口呆，雫久語氣冰冷地低喃道。

「抱住我，假裝我們在相擁。」

「雫久——」

「快點！」
「好！」
佐藤按照她的話做。
「你不是『偵探』嗎？」
「『偵探』？妳在說什麼？」
「你別裝蒜。」
「妳到底在說什麼？」
「如果你不是『偵探』，為什麼昨晚來找我？」
「妳問我為什麼……因為我聽見了尖叫。」
雫久重重地嘆了一口氣。
「別多管閒事！」
雖然聲音小，但是充滿怒氣。
「對不起……」
「……難不成透過打工工作，招募『偵探』？不可能……喂，我問你。」
「……請問。」
「打工工作是黑工？」

「我不知道是不是黑工，我是在社群網站……」
「打工工作的內容是？」
「叫我在這裡度過幾天……」
雫久又「嘖」一聲。
「媽的……我犯了個錯。」
「雫久小姐，這是怎麼——」
「你閉嘴！我現在正在思考。」
「好……」
雫久顯然怒火攻心。然而，她卻沒有放開緊摟的雙臂。
這就是所謂的傲嬌嗎？
不，沒那回事。她應該有某種意圖。
佐藤只是困惑不已，按照雫久的話抱著她。
於是，雫久慢慢地低喃道。
「……沒辦法。好，你把剛才的事全部忘掉，然後和之前一樣乖乖地度過幾天。」
「請等一下。」

「笨蛋！別那麼大聲！」
背部被雫久捏了一下。
「……有人在聽嗎？」
佐藤試圖環顧房內，背部又被捏了一下。
「別東張西望！」
「難不成……我們正被監視？」
「靠！這傢伙是怎樣！」
雫久已經不剩半點大小姐的氣質。
「請告訴我。這裡發生了什麼事？」
剛才某種帷幕被掀開了一片。發生了一連串太過非比尋常的事。佐藤確信自己一腳踩進了幕後，而且他知道了連客房內都正被監視。他不能繼續不明就理地演下去。
「你不用知道。」
「那可不行。有人死了。」
「所以呢？」
雫久的回應令他愕然。

「……難不成妳早就知道會發生殺人命案？」

「……」

「如果妳無法回答，我就不能忘掉這件事。」

「你……」

「而且妳不是大小姐。御影堂雫久這個名字八成也是假的吧？就跟我是『佐藤』一樣。」

一切都是虛構的。但是，殺人命案實際發生了。甚至準備了如此講究的場景……這些傢伙究竟是何方神聖？

「你打算威脅我？」

「不。只不過這麼一來，我就得四處向其他人打聽。」

「不行！絕對不行！」

「妳也站在我的立場想想。假如妳是我，妳能悶不吭聲？」

佐藤再也無法客氣相待。

「啊～，真是的……乾脆讓你吻我就好了……我為什麼要出手呢。」

看來雫久知道這個「打工工作」的隱情。而她誤將「佐藤」當作被稱為「偵探」的某個人而接近他。這是她犯下的第一個錯。而第二個錯，就是意識到自己的誤解，忍不住變回原本的自己。要是他就那樣親吻她，她離開客房的話，就能繼續扮演御影堂雫久了。

然而，雫久露餡。那件事好像不方便被其他人知道。佐藤也覺得自己很卑鄙，但是現在的狀況由不得他說漂亮話。他要利用雫久的弱點。

「告訴我你們的企圖。我不會說出是從妳口中得知的。」

「……我也幾乎什麼都不知道。」

「不不不，事到如今——」

「我沒說謊。我也是受雇的。」

「打工人員？」

「有點不一樣。感覺是非正式雇用。通常被派來打工，只會有一次，但我是重覆受雇。」

「我聽不太懂，希望妳依序說明。」

「……糟透了。」

佐藤一時之間難以相信從雫久口中說出的話。

偵探遊戲——為了熱愛推理小說的富豪所舉辦的推理遊戲。準備恢弘的場景，並且實際發生殺人命案。營運人員和黑工錄用者，以及身為客戶的「偵探」

被置於遊戲中。但只有佐藤這種打工人員，不會被告知事實。一切都是為了客戶的玩樂。原來自己被當作棋子的感覺是準確的。

「我的主要工作是和『偵探』搞浪漫。除此之外，也會得到用來提示和推進劇情的台詞。」

「妳是女大學生是假的？」

「那當然。我在育幼院長大，只有國中畢業。」

「是喔……抱歉。」

「你不必向我道歉。」

「喔……」

雫久曾是特種行業圈的頭號紅牌，有一陣子賺了不少。然而，她沉迷於男公關，一下子變得手頭拮据。偶然被挖角做這份工作，從此之後，她屢次擔任女主角。

「妳之所以找我說話，是因為誤以為我是『偵探』？」

「廢話。否則的話，像我這種美女怎麼可能主動靠近剛遇見的平凡男子。」

被她重新一說，佐藤大受打擊。

「……犯人是誰？下一個犧牲者是？」

「我不知道。我沒騙你。每次都是這樣。營運方不會告訴我全貌。」
「我不能相信妳。」
「要是知道犯人或被害者，反應就會不自然，對吧？所以大部分都是即興演出。」
佐藤曾經聽說，國外的連續推理劇也基於相同的理由，不會告訴演員誰是真兇和幕後黑手。
「再說，我不是營運方的人，所以他們只會告訴我基本的事。營運方絕對不會對外洩漏有偵探遊戲這種活動。」
「所以我完全沒有獲得資訊嗎？」
雫久的身體變得略為僵硬。
「……這樣比較好。總比你知道一大堆，性命被盯上好多了。」
「性命被盯上？」
她是指動手殺人的那一幫人。他們八成會毫不猶豫地殺人滅口。
「他們也沒有告訴妳偵探是誰嗎？」
「當然。客戶的資訊是最高機密的事項，所以在遇到特定的情況才能認出誰是『偵探』，但是你……」

「抱歉……」

佐藤也覺得她是在找碴，但是先道歉再說。

昨晚，他第一個衝向大廳，好像被雫久誤解為「偵探」。

「不過話說回來，我看起來像富豪嗎？」

「我原來也覺得奇怪。欸，你的長相不太差，但明明是『偵探』，個性卻相當內向。可是，偶爾有零社交能力的公子哥。」

「是我不好。我太客氣了。」

「我也是第一次遇到這種情況。這次有些地方手忙腳亂，資訊比平常少。」

「妳跟我確認不就好了嗎？」

「我被禁止主動接觸營運方。隨時有監視攝影機在拍攝，所以不能進行不符合角色身分的行為。」

「原來如此……我知道妳的角色身分了。」

佐藤決定問重點。

「透過黑工聚集的人的職責是？」

「……」

雫久又僵住了。

「妳剛才說，身為打工人員僅限一次，對吧？為什麼沒有第二次？」

「我就說我不知道了嘛。」

「——是不是因為會被殺害？」

一陣沉默。

這就是答案。

佐藤頭皮發麻，作嘔欲吐。

「天河和山根……欸，這應該不是他們的本名……他們是專門雇來被殺害的打工人員……那封信的奇怪內文有三行。還有一人會被殺害。那就是……我吧？」

「我真的……不知道。」

佐藤總覺得雫久的嗚咽聲中沒有虛假。

「『犯人』和犧牲者大多是透過黑工聚集……不過，我無法斷定一定如此。因為我只知道自己參加過的那幾場。」

「……剩下的成員中，有打工人員嗎？」

「我不曉得。」

「營運方的演員是誰？」

「求求你，不要問。」

「這關乎我的性命。告訴我得救的方法！」

「我辦不到。畢竟這種事是第一次。」

她的意思是，至今沒有打工人員察覺到自己會被殺害嗎？既然如此，說不定有得救的方法。

原本混亂的腦袋漸漸開始運轉。

「有沒有人能夠阻止？」

「沒有。除非客戶喊停，否則營運方就會全力試圖完成劇本。」

「如果『偵探』喊卡，就會結束嗎？」

「這是個假設。『偵探』付了幾億圓，不可能退出遊戲。再說，這次的『偵探』似乎是常客。」

也就是說，他也習慣了目睹殺人命案嗎？看來訴諸道德也沒用。

「就算這樣，也只能說服『偵探』。」

「但你又不知道誰是『偵探』。」

「我要一一試探館內的人。」

「別這麼做！要是你做出讓劇本露出破綻的舉動，你會當場被殺唷！連我也無法全身而退。」

「假如他們立刻殺掉我，豈不正是毀了劇本嗎？」

「他們如果認為不得已，就會痛下殺手。之前也有過。那是有兩名犯人的劇本。其中一個扮演犯人角色的人無法忍受罪惡感，大喊『停止遊戲吧！』。三秒後，他就被割開喉嚨了。動手的是扮演修女的營運人員。他們事後設法找理由，說他因為恐懼而精神錯亂了。」

佐藤感到不寒而慄。

這樣下去的話，他一定會被殺害。只有「偵探」能夠阻止。然而，不清楚「偵探」的真面目，而且被身邊的人發現自己在尋找他的話，就會立刻被殺。即使運氣好，找到「偵探」，要說服他也非常困難。

不可能——

感覺像是身體被好幾條鎖鏈束縛。

懷裡的雫久垂下手臂。

當他茫然時，雫久突然親吻他。

佐藤瞪大眼睛，全身僵直。

雫久靜靜地移開唇瓣，低喃道：

「你要是把這件事說出去……我就殺了你。」
雫久皮笑肉不笑地離開了客房。

10

「噢～，這個啊。」
小園間看著佐藤客房的監視器，拍手叫好。
明明忘了什麼，卻想不起來那是什麼。
那種不痛快消除了。
原來他忘記告訴雫久，這次不必對「偵探」送秋波。
說是疏失，的確是疏失，但是比起目前為止的手忙腳亂，微不足道。再說，就算雫久誤解而親吻佐藤，也不會影響大局。
「但是，他們相擁了挺久的。那種男人是她的菜嗎？」
小園間說著風涼話，一起看著監視器的卡爾和磐崎面露下流的笑容。
但是，也不能光笑。
佐藤識破了人間椅子的詭計。雖說受到雫久的美色所惑，但是他跨越了一道界線。

「對佐藤的客房發出警告！」

「等級是？」

盤崎問道。

「三號吧。」

「是。」

磐崎操作操作台，將嘴巴湊近麥克風。

「佐藤先生、佐藤先生。」

監視器內的佐藤大吃一驚，環顧客房。

磐崎朗讀手邊的警告手冊中所寫的三號警告文。數字越大，警告強度越強。三號是中等強度。

「請勿忘記契約。違約將無法支付報酬。此外，也無法保障你的性命安全。重申一次。請勿忘記契約。違約將無法支付報酬。此外，也無法保障你的性命安全。理解的話，請舉起手。」

佐藤馬上舉起手。他尋找聲音的來源，左右張望，但是找不到，四肢無力地坐在床上。

「他挺驚慌的耶。欸，嚇到了吧。」
磐崎冷笑道。
「這傢伙解開謎團，或許也很有趣。」
卡爾一面敲打筆記型電腦的鍵盤，一面碎念。雫久和佐藤的擁抱一結束，他就回去寫用來奪得「直木獎」的原稿了。
「哈哈哈，大師人也真壞。那麼一樣，馬上就會露出破綻了。」
「哼，關我屁事。」
小園間在內心祈求，他最好打翻水，弄壞電腦。
「成功了！」
香坂在房間角落高興得跳起來。
她從剛才就在練習打造密室的上鎖。
「再一次。」
那裡是只搭建個人房間的房門部分的簡易布景。白井用於練習上鎖詭計的地方。
香坂再度對房門動手腳，已經十分上手了。
「一、二～三。」

香坂獨自發出吆喝聲，用力拉扯天蠶絲。天蠶絲亦作為釣魚線使用，不會輕易斷掉。

隨著悅耳的上鎖聲，巧妙地上鎖了。

「好，又成功了。」

成功率不斷上升。

「香坂小姐，感覺不錯。」

「是啊。這個弄起來很有趣。」

小園間也很喜歡這個模仿高木彬光的作品的密室詭計。

「正式上場時，可別失敗唷～」

卡爾的挖苦竄入耳膜。

小園間和香坂瞪視惡質作家的背部。

「狀況如何？」

雅從內側回來。

「毫無異常。」

小園間機械性地回答。

「是嘛。那麼，關於下一個案件。」

雅將夾著文件的活頁夾丟到桌上。

小園間察覺到她說的是預定在半年後舉辦的偵探遊戲。

「不好意思，我今明兩天在現場就忙不過來了，所以……希望後天以後再討論新案。」

「真沒用。居然不能一心多用，同時掌控現場。就是因為有你這種廢物，日本分部才會是這副德性。」

「……我要準備晚餐了，告辭。」

小園間背對雅。

終於要進入最高潮了。妳別礙事！

他側眼看了監視器一眼，看到監視器中的佐藤抱著頭，一動也不動。

第四幕

反叛的棋子

1

明明應該是高級的肉，卻食不知味。

佐藤一面切晚餐的牛排，一面偷瞄觀察同席者。

家具和人都沒有改變，但是看到的景象和數小時前截然不同。這裡並非御影堂家的宅邸，而是為了有錢人所準備的殺人推理遊戲的場景。一旦知道了，可疑之處就會被放大。公館的牆壁和地板雖然使用舊木材，但是也有不少地方刻意塗裝，顯得老舊。

德永也被捲入了這個殘酷的遊戲嗎？

佐藤無法向雫久確認這一點。

即使德永參加了，他應該也是以角色名稱被稱呼。他也沒有特殊的身體特徵。有德永照片的智慧型手機在搭乘觀光船時被沒收了。

「榊學長，沼澤調查得怎麼樣了？」

雫久謹慎地問道。

知道她的本性之後，她的舉手投足看起來都很刻意。

「被泥巴弄髒的連身長靴被丟在附近的草叢裡。大概是犯人用來將山根的屍體沉入沼澤的。」

榊在發現山根的屍體之後，好像一度驚慌失措。如今完全一副菁英的模樣，散發著平常的冷靜氣質。

這傢伙是「偵探」嗎？抑或是預定被殺害的人呢？他看起來實在不像是會打黑工的那種人，但是自己也被雫久的演技徹底騙了。以外表判斷很危險。

「根據調查的感覺～，採集指紋應該很困難～」

日日子說完，吃了一口切成小塊的牛排。

這個人如何？三十多歲，說話方式裝可愛。她雖然很假，但若是以獵奇犯罪學這種奇妙的學問為業的人，是怪人也不足為奇。但是話說回來，真的有獵奇犯罪學這種學問嗎？不，這不是問題所在。「偵探」未必會以真實身分參加。若是「偵探」扮演獵奇犯罪學者，職業的真假是其次。

佐藤再度環顧餐桌。

少了天河和山根，坐在餐桌的是四人，變得冷清了。

除了榊和日日子之外，還有其他「偵探」候選人，也就是船長和白井醫生。

他們都沒有從客房出來。據說傭人們會將三餐端至客房。他們也有可能此時詢問命案的狀況和進展。或許他們不主動行動，只基於聽說的資訊推理，是所謂

的「安樂椅偵探」。（註5）

「呃～，我可以問傭人們的事嗎～？」

日日子輪流看了小園間和香坂一眼。

「我們的事——嗎？」

小園間露出困惑的表情。

「是啊～，或許不該這麼說～，但是殺害天河先生和山根先生的犯人，是在館內的某個人，對吧？」

「是……這樣沒錯。」

「所以～，我覺得也先問一問傭人們的為人比較好～」

「我也同意。雖然不是懷疑，但是為了慎重起見，我想要先掌握一下。」

榊的冷靜目光轉向小園間。

「我知道了。香坂小姐，妳可以去叫真鍋先生過來嗎？」

「是。」

香坂一退下，小園間開始說起自己的簡歷。

「我服侍御影堂家，前前後後將近十年。在那之前，我任職於電機廠商。」

「這裡是別墅，對吧？御影堂先生回到東京的期間，這裡怎麼辦？」

「老爺會帶著我和真鍋一起回去。這裡交給香坂留守。」

是這種設定啊？

佐藤側耳傾聽。

小園間不是營運方的人吧。他身為管家，身段高雅。再說，館內的配置和工作人員乃至於來賓，要記的資訊量多。這個職位應該不能委由臨陣磨槍的打工人員。他應該也不是「偵探」。鑑於年齡，他是富裕階層也不足為奇。然而，管家無法像偵探一樣，在陌生的地方體驗離奇命案的樂趣。

香坂帶著真鍋過來。

「真鍋先生來到御影堂家，是去年的事吧？」

小園間確認道，真鍋點了點頭。

「是啊。在那之前，我在東京都內的飯店當主廚。」

受雇時日尚淺的主廚。

熱愛料理的有錢人想要當「主廚偵探」……但是他至今毫無參與命案的樣子。另一方面，他最先發現山根的屍體。倘若他是「偵探」，運氣未免太好。

註5　不會主動親赴現場搜集資訊，而是待在室內，僅仰賴來自訪客和報紙報導等的資訊，推理命案的偵探。

香坂也不積極調查命案。不過，該如何看待前法醫學者這個經歷呢？她還有女兒自殺的過去。在調查御影堂家的過程中，遭遇這次的命案。《家政婦的見證》的獵奇命案版。情節太複雜了吧。

假如此時能夠站起來，呼喊「誰是偵探？」，那該有多輕鬆啊……

佐藤正要環抱起胳膊，連忙恢復原本的姿勢。

被人發覺他正在深思很危險。

他假裝悠閒地享用料理，持續動腦。

比找出「偵探」更困難的是，說服他停止遊戲。他是基於好奇心嗎？需要被認同嗎？抑或是尋求刺激呢？無論如何，他是令人難以理解，反覆參加偵探遊戲，享受真正的殺人命案現場的人。該怎麼打動這種人的心才好？

「各位傭人原本認識兩位被害者嗎~？」

「我第一次見到山根先生。天河先生頻繁地來，所以我和香坂都熟知。真鍋……昨天是第一次見到他們兩位。」

「嗯，是啊。」

小園間和真鍋仔細回答日日子的問題。

佐藤停止用餐的手。

之前注意力全被「偵探」吸走，但也不能無視「犯人」。非但如此，倘若性命被盯上，下手的反而是「犯人」。既然如此，是否該優先尋找「犯人」呢？然而，自己不是「偵探」，如果找出「犯人」，劇本就會出現破綻。在那之前，就會被當作礙事者除掉。

佐藤嘆了一口氣。

越想越無法隨意行動。

對話中斷，沉默降臨。

他抬起頭來，兩名「偵探」候選人都在深思。

「偵探」的推理——

佐藤睜大眼睛。

他找到了從原本以為逃脫不了的偵探遊戲逃脫的方法。

同時從「偵探」和「犯人」下手。

佐藤的腦袋高速運轉，反覆模擬。

在奇岩館發生的是連續殺人。繼續傻傻度日的話，自己遲早也會被殺害。但是，已經發生兩起殺人命案。作為連續殺人命案成立。

假如在自己被殺害之前，解決命案的話會如何？

如果在出現下一位犧牲者之前，讓「偵探」猜出犯人，偵探遊戲是否就此結束？

佐藤對拿著刀叉的手使力。

難度很高。即使如此，比起說服「偵探」，這麼做的成功率高出許多。然而——

目前為止，沒有人做出決定性的推理。兩起殺人命案依然充滿謎團。既然如此，自己就給予提示，引導「偵探」破案。如果若無其事地丟出提示，劇本應該也不會出現破綻。若是身為助手，展現才幹，說不定會受到「偵探」青睞。如此一來，就太棒了。「偵探」幫助自己的可能性會進一步提升。

佐藤抑制亢奮，一一看著眼前的人。

在不清楚的階段，所有人只能分享提示。

奇怪內文有三句。下一起殺人命案八成是最後一起。隨時遭到襲擊也不足為奇。

如果不盡早搜集提示，與所有人分享的話……

2

為何沉默？趕緊丟出提示！

小園間心急如焚。

榊和日日子沉默許久。雫久在一旁悠閒地喝湯。

不是才剛告訴妳嗎?!

小園間去她房間告知晚餐時間到了時，說了悄悄話。

再也別和佐藤扯上關係！

以及在晚餐席間，丟出人間椅子的提示——

劇本中也必須交織犯人的線索。

原本預定再晚一點才丟出人間椅子的提示，但是佐藤已經揭露了。他的樣子被攝影機記錄下來。無法當作事情沒發生過。

話雖如此，提示的順序經常提前或延後。這可說是追求真實感的偵探遊戲特有的劇情發展。

小園間目不轉睛地注視著雫久，終於和她對上眼。

雫久一副「不用你說，我也記得」的樣子，以餐巾紙擦嘴。

「呃～，我有事必須告訴你們。」
雫久沉重地說，同席的三人提起頭來。
「我原本猶豫要不要說，但是……或許跟天河先生和山根先生的事有關。」
「什麼事～？」
日日子擠出擔憂的笑容。
雫久指著放在餐廳角落的單人扶手沙發。
「和那張沙發一樣的沙發，也放在會客室、談話室，以及客房。」
「是啊。我的客房裡也有～」
「這種沙發有機關。」
「機關？」
榊伸長脖子。
雫久抓住沙發的木框，用力一拉。背面整個卸下，出現沙發內的空洞。
「難不成……」
榊低吟道。
雫久垂下目光。
「它是模仿江戶川亂步的《人間椅子》所製作。」

「人間椅子？」

日日子天真無邪地問道，榊對她詳細說明。

日日子聽完，皺起眉頭說：「天啊～」

「這種東西是誰做的？」

「家父。」

回答之後，雫久低下頭。

「御影堂先生……」

榊和日日子都沒有進一步追問。

「亂步隱。」

耳邊傳來一句嘀咕聲。發聲的人是佐藤。

這傢伙……

小園間怒目而視。

連結人間椅子和那封信的第一句，等於是暴露了天河命案的密室詭計。

這不是你這種配角可以解開的謎團！

然而，佐藤這傢伙只說了那封信的第一句，接著就悠哉地享用料理。

他沒有說出結論……只是自言自語嗎？

小園間的憤怒轉變為錯愕。

不看現場氣氛，想到什麼就說出口的人一定會有。這傢伙也是那種人嗎？

明明那麼嚴正警告他了，他卻還是少根筋。他是典型令人不想共事的人。

「啊～！大小姐，那是……」

小園間假裝慌張地拉回話題。

「小園間管家也早就知道這種椅子的機關了嗎？」

雫久回應，發揮演技責備他。

「……」

「小園間管家。」

「……是。發包給家具工匠的人是我。」

「除了你之外，還有誰知道？」

「香坂和白井醫生。」

「為什麼你們沒有阻止家父呢？」

「非常抱歉。」

小園間深深低頭致歉。

這下丟出了必要資訊。

若是直覺敏銳的「偵探」，應該會想到可能性。館主——御影堂其實躲在館內，進行殺人。他甚至準備這種誤導思路的「線索」。雖然這已不重要——小園間側眼瞪視佐藤。

儘管如此，若不完全消化劇本，他就心裡不痛快。因為他不知道之後會被貴賓說什麼。

「呃～，繼續剛才的話題～」

日日子舉手。

「傭人們是第一次和山根先生見面，對吧～？那麼，其他人如何？有誰跟天河先生和山根先生認識？」

所有人都沒有反應。

「雫久小姐呢～？天河先生頻繁地造訪這裡，對吧～？」

「不。我是第一次見到天河先生。我和他本人也說過這件事。」

「是喔～。那麼，犯人是不在這裡的人嗎～？」

「不在這裡的意思是？」

「一直待在客房的白井先生、船長先生。或者是還沒見到的某個人。」

「還沒見到……妳的意思是，有陌生人混進來？」

雫久臉色僵硬。

太好了。依引導對話的方式而定，說不定能夠連結至館主誤導思路的線索。

小園間在腦海中畫出流程圖。他要順勢指揮劇情發展。

「畢竟～，山根先生遭到殺害時，我們所有人都在館內～。也就是說，認為其他人是犯人比較自然？」

「這句話言之有理，但是這個假設有問題。」

榊插嘴說道。

「山根也一樣無法外出。但實際上，山根死在沼澤。逆密室的謎團終究必須解開。」

「嗯～。說的也是～」

日日子重重地點頭。

「死亡推定時間的根據是？」

咦……？

小園間懷疑自己的耳朵。

這個問題直搗核心。

發聲的又是佐藤。

他想要狠狠瞪佐藤一眼，往他一看，吃了一驚。
佐藤直勾勾地注視著香坂。
「還沒有聽香坂小姐訴說詳情。」
佐藤的語氣像是變了個人似地，無所顧忌。
「是啊是啊。死亡推定時間是吧？」
香坂擠出從容的笑容應道。
但是，她瞄小園間一眼的眼中，有緊張的神色。
「山根先生遭到殺害，是在發現屍體的一小時左右前，對吧？」
「是啊、是啊。正是如此。」
「推定的根據是？」
「有的、有的。有幾個根據。譬如說，還沒開始死後僵硬。」
小園間屏息盯著香坂回答。他讓她臨陣磨槍，硬背了基本的理論。
然而，佐藤沒有接受。
「我根據模糊的記憶，不好意思，死後僵硬是否在死後兩小時左右才會發現？」
「是、是啊。欸……我還搭配其他要因，綜合性地──」

「其他要因是指？」

「屍、屍斑等……」

「山根先生被倒立。假如出現屍斑，我想是在頭部。」

「是、是啊……」

「可是，頭部滿是泥巴唷。能夠辨識嗎？」

「當、當然！」

糟了。

香坂慌了陣腳。

「我、我是法醫學者！雖然離開職場已久，但是鑑定能力寶刀未老！你如果懷疑的話，不妨自己調查?!」

小園間介入香坂和佐藤之間。

「好了好了，香坂小姐。佐藤先生怎麼可能能夠鑑定。他只是有點在意而已，對吧？」

「是……抱歉。」

佐藤的態度為之一變，他畏怯了。

「我不是想要否定香坂小姐的經驗和本領……抱歉。」

他彷彿快被殺掉似地，臉色很差。
他垂下目光，落在餐盤上，縮起身子。
小園間鬆了一口氣。
但是，低下頭的佐藤又動口了。
「可是，一般都會讓死亡推定時間有前後幾小時的範圍。」
餐廳裡颳過一陣冷風。
居然還說這種瑣碎的事——
小園間萌生殺意。
這傢伙吹毛求疵，想要揭穿香坂的謊言嗎？邪門歪道也該適可而止。天河命案的三重密室、山根命案的逆密室、香坂女兒相關的過去因緣。應該還有其他切入點。儘管如此，你居然追究一般人不知道的專業知識錯誤。個性未免太差了。這不公平。再說，你又不是「偵探」。王八蛋！
小園間忍不住看了餐廳的監視攝影機一眼。
雅大發雷霆的臉與其重疊。
怎麼辦？
此時，要是香坂的謊言敗露，一切就沒戲唱了。

在引發下一次殺人命案之前，犯人就會確定了。

「哎呀哎呀，佐藤先生，你真清楚耶。」

香坂開朗地說。

佐藤愣了一下，抬起頭來。

「在最近的法醫學界，變成那樣對吧？我站在第一線的時候，被吩咐以半小時為單位，推斷死亡時間。不好意思啦，我是老一輩的人。」

「這樣……啊。」

佐藤只說了一句，就此沉默。

太棒了。

香坂的機智贏了。

小園間有一股想要抱緊同事的衝動。

我會替妳交涉，要求增加獎金。

他以眼神如此傳達。

香坂好像也察覺到小園間在稱讚她，表情放鬆許多。

但是，毛骨悚然的感覺仍在。

佐藤的目的為何？

小園間在面試負責人報告時，聽說佐藤相當熱愛推理小說。難道他受到好奇心驅使而失控了嗎？倘若如此，他不夠深究。為何他不說人間椅子用於天河命案？剛才對香坂的追究也是如此。如果他更不留情地追究，香坂應該也無法反駁。當場被他斷定為犯人也不足為奇。

他明明提出了直搗核心的問題，但卻沒有深入追究答案。小園間有一種被人用銳利小刀劃過皮膚的感覺。他不可能是在……找碴。這傢伙不可能那麼游刃有餘。他純粹只是沒有找到答案嗎？

無論如何，令人不爽。他也有可能變成營運方的禍害。

除掉他──

原本的話，殺人滅口也值得討論。

然而，有白井的意外。若是再繼續出現不自然死亡，劇本就無法取得整合性。

再次警告他，觀察情況嗎？

小園間保留判斷。

「大小姐，差不多該休息了吧？」

「是啊。明天警察會來。比起現在東想西想，不如讓警察確實調查，謎團應該也比較容易解開。」

雫久將餐巾紙放在桌上，準備起身。

「——大家要不要在一起？」

又是佐藤。

「一起是指……在這裡？」

雫久不知所措。這不是在演戲。

「是啊。明天御影堂先生的船回來，我們能夠到島外面之前，大家要不要在一起？」

佐藤的聲音緊張。

他好像理解到自己做得太超過了。

當然，小園間不能容許他的作為。

「佐藤先生，老爺明天下午回來。總不能把大家留在這裡……」

「你的意思是，獨自一人容易被盯上吧？」

榊盯著佐藤。

「是啊。」

佐藤也注視著他。

接二連三地做出多餘的事……

小園間從鼻子悠悠吁了一口氣。

孤島模式必定少不了的疑問。這個問題甚至可說是常有的事。在可能會被殺害的狀況下，為何劇中角色們要採取個別行動？眾人聚集在一起不是比較安全嗎？

儘管如此，大部分推理作品的劇中角色大多會分散在各自的客房，承受極限狀態帶來的緊張壓力。彼此無法信任的人聚在一起反而危險。話說回來，他們根本沒有意識到獨自一人的危險。作者會分別準備諸如此類的理由。然而，關於這一點，只有一個真正的理由。

因為若不讓目標孤立，就無法殺害。

因此，在推理小說中，儘管害怕恐怖的連續殺人，仍舊會基於種種理由，被迫選擇個別行動。

如今，這正是小園間必須做的事。

此時，若不讓所有人分散，就無法進行最後的殺人。

但是，小園間也早已採納了佐藤的要求。若是這種狀況，當然會出現拒絕獨自一人的人。再怎麼警告他別做多餘的事，如果感覺到性命危險，任誰都會垂死掙扎。仔細一想，倘若佐藤像是變了一個人似地採取奇妙的行動，也是基於或許會被殺害的恐懼，小園間就能接受。

真抱歉，我要請你們分散。

小園間直盯著佐藤。

劇本沒有漏洞。縱然「偵探」心血來潮，提議團體行動，也做好了能讓所有人回到各自客房的準備。

3

鐘擺時鐘告知晚上八點了。

如今，若是獨自一人就完蛋了。

佐藤想要哭喊。

給我適可而止！停止這種瘋狂的遊戲！

他怒吼、發飆、耍賴。要是這麼做能讓「偵探」聽見他的請求，該有多好。

然而，現實是冷酷的。當他驚慌失措地碰觸偵探遊戲的內幕，立刻就會喪命。

鋌而走險之後，他幾乎能夠確信「偵探」在訪客之中。

關於死亡推定時間的矛盾，小園間替香坂掩護。傭人們團結一致，八成都是營運方的人。雫久也是如此。既然如此，沒有從客房出來的白井醫生也很可能是營運方的人。看來可以賭定「偵探」採取正統作法，身為訪客參加。能夠縮小範圍，鎖定榊、日日子、船長這三人。

另一方面，風險的回報僅止於此。明明應該給予了充分的提示，但是「偵探」毫無反應。關於天河命案，只要用人間椅子的詭計，三重密室的謎團就能解開。至於山根命案，如果懷疑死亡推定時間，逆密室也會徹底瓦解。

若榊和日日子是「偵探」，只要提出這樣的提示，他們應該就會找到答案。謎團在晚餐席間被解開，命案也解決。在第三起殺人命案發生前，偵探遊戲邁入最後一幕。但是，佐藤說越多，他的算盤越被打亂。

他推理錯了嗎？

不，人間椅子的詭計已被證明，香坂的證詞含糊也一清二楚。假如有失準的部分，「偵探」應該會非常在意。

「偵探」是船長嗎？他是一名遮住臉的年邁男性。聽說是富豪，最無違和感的人。特地讓人準備這種場景，在客房以「安樂椅偵探」自居。雖然亂花錢的方式超出佐藤的理解範圍，但是回流客或許會採取這種享樂方式。

榊和日日子不是「偵探」嗎？即使他們是「偵探」，難道是個二百五？或者他們早已察覺到，但自以為是哲瑞．雷恩（註6），保持沉默嗎？

佐藤沒有和任何人對上視線，細細思量時，小園間呼喚他。

「佐藤先生，但是所有人待在這裡，寸步不離到明天下午，沒休息的話，體力負擔會不會有點大……？」

「我認為總比有人被殺害好。各位不害怕嗎？」

佐藤誇張地表現出害怕的樣子。

發生了連續殺人。打工人員即使害怕，也不會顯得不自然吧？既然看不到「偵探」的反應，起碼必須阻止眾人解散。

「再說，未必不會再發生殺人命案。」

小園間看了手錶一眼。

「二位如何？你們認為不會再發生殺人命案嗎？」

佐藤將話題丟給兩位「偵探」候選人。

若是「偵探」不行動，那就煽動他。

「應該會再發生吧。」

榊立即回答。

「至少犯人還打算繼續。」

「是啊～。那封信的第一句和第二句是殺害天河先生和山根先生的暗示。還剩下第三句～」

日日子也同意。她確實理解了奇怪內文的真正用意。

既然明白，一開始就參與話題啊！

佐藤的心情算不上是放心或焦躁。

這兩人其中之一果然是「偵探」啊。

佐藤想要再次叮嚀。

「所以，我認為所有人聚集在一起比較好。把留在客房的白井先生和船長先生也叫過來。」

沒錯。姑且不論白井，佐藤想要先確認一下或許是「偵探」的船長模樣。

如有必要，也會提供他提示。

註6 Drury Lane，推理作家艾勒里．昆恩筆下的偵探，他是一名退休的莎劇演員，即使察覺到真相，在認為「時機未到」時，不會道出真相。

「不，這或許有困難……」
小園間稍微繃緊臉頰。
佐藤至今看多了他的愁容，但是剛才的表情是第一次看到。
難道觸及了什麼他不想被觸及的事物嗎？
然而，小園間的驚慌轉瞬即逝。
「我也想過，假如犯人試圖按照第三句，執行殺人的情況下，大批人聚集在一起，會不會更加危險？」
佐藤無法掌握小園間的真正用意。
佐藤悶不吭聲地催促他說下去。
「在場的人當中，沒有人同時認識天河先生和山根先生他們兩人。也就是說，犯人的動機不明。反過來想，或許沒有動機。」
「你的意思是，隨機殺人嗎？」
榊總結重點。
佐藤剛才也在思考這一點。
小園間有些客氣地說：
「是啊。從那封信的句子來看，犯人應該熱愛推理小說。所以，殺害的對象是誰都好，目的是──」

「完成詭計。」

榊代為下結論。

「也就是想要實際試一試自己想出來的殺人詭計，對吧～？」

日日子獨特的總結，令榊苦笑。

「我一直對那封信的內容感到不對勁。一般的模仿殺人中，會暗示被害者的死亡。可是，雫久收到的那封信不一樣。」

榊按住眼鏡。

「那封信所寫的內容中，與死亡有關的描寫只有第三句的『最後彬光扭斷脖子』。第一句是『亂步隱』，第二句是『正史堵』。天河先生和山根的殺害現場，確實分別都有能夠連結亂步和正史的要素。可是，第一句暗示的行為是『隱』，第二句是『堵』。」

「若要暗示殺人命案，感覺會使用『扎胸』和『倒立』等用語～」

日日子插嘴說道。

「至少沒有使用表現屍體狀態的用語很奇怪。」

榊望向半空中，好像在對自己說話。

「欸，『亂步』和『正史』倒也不能說是不符合那兩起命案，但是『隱』和『堵』這兩個字也都具有意義。『隱』是暗示犯人躲在人間椅子，待到發現者離開為止。『堵』是暗示在山根的死亡推定時間，打造所有人都無法離開公館的狀況，實際上，封鎖了公館。也就是說，兩者都提及了詭計。這代表犯人從一開始想要炫耀的是詭計。」

榊滔滔不絕地說，佐藤錯失了反駁的機會。

佐藤本身也曾做過和榊一樣的推理，這使得他猶豫要不要反駁。再說——榊果然也察覺到了天河命案的詭計嘛。就連山根命案，佐藤也讓他們懷疑死亡推定時間是關鍵了。這些傢伙真狡猾。

小園間佩服地聽著榊的邏輯，一副「我就說吧」的樣子，話多了起來。

「這麼一來，所有人聚集在一個地方就沒有意義了。反而也有可能受到牽連，出現更多犧牲者……」

「請等一下。」

佐藤大聲說道。

這樣下去就糟了。

「隨機殺人是可能性之一。再說，就算所有人聚集在一起，也未必會受到牽連。」

「要是被犯人持槍亂射就完了。」

「咦？」

小園間的這句話，令佐藤啞口無言。

「這裡不是日本。應該提防犯人手上有槍吧。」

小園間說的對。如今，要是犯人持槍出現在餐廳，接連開槍的話會如何？危險會遍及所有人。就連知道自己性命安全的「偵探」，應該也會害怕被流彈波及。

然而，佐藤也感到不對勁。如此一來，根本不是詭計了。

小園間提到槍的存在也很奇怪。

至今整個奇岩館蘊釀出一股彷彿在日本某處的氛圍。不，是打造了那種氣氛。佐藤本身也數度霎時忘記這裡是加勒比海的孤島。儘管如此，小園間卻做出了破壞世界觀的發言。

他那麼想讓所有人回到客房嗎？

佐藤感受到他的執念，背脊發冷。

但是，佐藤只能死纏爛打。

「要是講究詭計，應該就不會開槍亂射吧。」

無論理由為何，他「知道」下一個被盯上的人是自己。他可不要和那些被殺害角色一樣慘遭毒手。

「我、我想說的是，既然聚集在一個地方，危險或許會增加，硬是要在這裡過夜就沒有好處。當然，我遵從大家的判斷。」

小園間像是在懇求似地，看著一行人的臉。

「佐藤先生說的有幾分道理～」

日日子對佐藤笑了笑。

或許是第一次和她四目相交。佐藤莫名泫然欲泣。

「可是，我也能接受小園間管家說的～」

日日子別開視線，佐藤基於另一種原因想哭。

「關在自己的客房，或者所有人聚集在一起，無法決定哪一種好耶～」

日日子聳了聳肩。

不行。要是流於半斤八兩的論調，眾人就無法團結。

「我——」

榊抱起胳膊，倚靠椅子。

「想要一個人思考。」

佐藤的眼神變得一片漆黑。

「我並不是老神在在，覺得自己不會被殺害，但是比起無法預測犯人會從哪裡下手的地方，個人房間比較容易保命。」

榊斬釘截鐵地說，佐藤一個頭兩個大。

已經結束了……嗎？

「如果集體行動有相當大的優勢，那就另當別論，但是～，我好歹也是女生～，有許多事要做～，對吧？」

日日子將臉轉向雫久。

雫久苦笑道：「嗯，對啊。」

「那麼，我吃飽了。」

榊從座位起身。

日日子也仿效他。

榊正要離開餐廳，回過頭來。

「佐藤先生的擔心合情合理。大家回客房之後，不要忘記鎖門。」

你在同情我嗎？同情我就不要走！

佐藤以眼神對榊求救。

然而，榊和日日子沒有再看佐藤一眼。

佐藤緩緩地重新面向餐桌。

「佐藤先生。」

佐藤聽到叫喚，抬起頭來，雫久站在一旁。

她低頭俯看，眼中浮現憐憫的神色。

因為雫久知道這是最後一面了。道別之後，就不會再見面。

佐藤無法忍受，別開目光。

「你用那種說法，大家會嚇到唷。」

她以只有兩人聽得見的音量，小聲說道。

佐藤受到意想不到的批判，重新注視雫久。

雫久進一步壓低音量，變回她原本的語氣。

「犯人對推理小說有執著，對吧？那不就是你嗎？」

佐藤總覺得頭被人用鐵鎚敲了一下。

公布種種謎團的提示。極力反駁香坂。然而，沒有深入追究答案，點到為止。如此一來，也難怪會被認為他是在測試「偵探」的本領，樂在其中。

而且，他明明至今幾乎不說話，但是剛才突然整個人一百八十度大轉變，出言強辯，主張所有人應留在一個地方。

豈非可疑至極——？

他太粗心了。

沒有觸及核心，只想給予提示的行為適得其反。自認為留心要保持冷靜，但是採取了正好相反的行動。

「為什麼我會覺得你這種配角是『偵探』呢？」

雫久無力地嘟囔道。

「如果沒搞錯的話，我就不用這麼難過了。」

「大小姐也差不多該休息了。」

剛才在收拾餐具的小園間對她說。

雫久擠出開朗的表情。

「是啊。佐藤先生最好也回客房。這裡晚上很冷。」

雫久笑到一半，嘴角稍微動了動。

「我無能為力。但是……你別死。」

雫久一個轉身，走出餐廳。

我要活下來，和她再見面。
即使雫久的身影消失，佐藤仍舊一直盯著入口。
「佐藤先生，你怎麼了？你可以留在這裡。」
小園間無情地問他。
若是一個人留下來，不如關在客房比較好。
「我要回客房。」
佐藤從座位起身，前往客房。
他一進入房間，立刻鎖門。
移動床鋪，堵住房門。
窗戶呢？
他趕緊確認窗戶鎖上了。
但是，要是犯人打破窗戶進來就完了。
他又移動放在房門前面的床鋪，豎立在窗戶前面，再以沙發和餐具櫃堵住防備薄弱的房門。
也需要武器。
他從衣櫃拿出衣架，製成用起來順手的武器。

豈能被殺！

佐藤背靠牆壁，輪流瞪視房門和窗戶。

4

小園間在司令室透過監視器，看著佐藤的奮鬥。

其他成員也全都回到了自己的客房。

「開始吧。」

聽到小園間的指示，磐崎拍打操作台的按鈕。

二樓角落。在香坂的房間，燈光閃爍。

香坂穿上長袍，端坐在榻榻米上。她一察覺到燈光閃爍，就看著攝影機點了個頭。

「拜託囉。」

小園間像是在祈禱似地握住雙手，目光掃向監視器。

香坂走出房間，前往談話室。

磐崎隨著香坂的移動，切換攝影機。

二樓廁所前、二樓走廊D、談話室前走廊、談話室B的攝影機。
主要監視器的影像陸續切換，追著移動的香坂。
香坂一抵達談話室，就抓住神將像的頭，轉動拿起來。祂的頭毫不費勁地脫落了。
香坂將神將像的頭藏在長袍底下，轉過身去。
「以臨時上陣的替角來說，算是進展順利。」
雅在司令室的後方說道。
「因為我讓她反覆模擬過了。」
小園間沒有從監視器移開目光地回應。
沒問題。香坂會達成任務。
他對握住的雙手使力。
談話室前走廊、二樓走廊C、書房前走廊、館主寢室前走廊、二樓走廊A。
香坂迅速移動，做了深呼吸之後，敲了敲一個房間的房門。
「哪位？」
「我是香坂。」

雫久按照步驟打開房門，探出頭來。

香坂事先告知會拿著神將像的頭過去。

雫久慌慌張張地讓香坂入內。

香坂關上房門，馬上從長袍拿出神將像的頭，遞給雫久。

雫久雙手接過來，目光落在祂的頭上。

「我沒聽說關於這個的詳情——」

雫久話說到一半，香坂瞬間一刀刺在她的脖子上。

她立即以一隻手堵住傷口。

雫久的眼神失焦。

刀一拔出，血噴出來，染紅了神將像的頭和香坂的衣服。

雫久軟癱倒地，側臉埋入地毯。雫久死不瞑目的臉出現在監視器上。

香坂等待停止流血，讓雫久俯臥，將小刀抵在脖子上。

小刀被骨頭卡住，切斷脖子比預估需要更多時間。

香坂完成工作，從窗戶探出身體，將小刀丟向大海。接著，她在梳妝台確認臉上沒有被濺到血，將長袍反過來重新穿好。兩面穿的黑色長袍完全隱藏了沾附在背面的血。

目前為止做得很好，接下來只剩密室的詭計。

磐崎在操作台前面小聲發出聲援。

「加油！」

司令室內的所有人都屏息盯著監視器。

香坂戴上手套，將窗戶鎖上後，撿起神將像的頭。終於要著手進行密室詭計。

雫久房間的房門也是廣泛用於一般家庭的圓筒鎖。從內側轉動鎖上房門的旋鈕，鎖門就會從房門內部突出鎖上。

香坂打開房門之後，緩緩轉動旋鈕，在鎖門突出到底時停手，讓神將像的嘴巴啣住旋鈕。當然，神將像的嘴巴事先被設計成旋鈕會正好嵌入。

香坂確認神將像的嘴巴和旋鈕咬合，從口袋拿出天蠶絲，將弄成圈狀的一端套在神將像的耳朵上。

她拿著天蠶絲，悄悄走出房間，關上房門。天蠶絲被房門夾住。

香坂看了拿在手上的天蠶絲一眼，再度做了深呼吸。

司令室裡也發出了深深吐氣的聲音。

香坂慎重地用力抽出天蠶絲。

神將像的頭沒有動。

「加油！妳做得到。」

赫然回神，小園間出聲聲援。

成功突然降臨。

隨著「咔嚓」這種聲音，啣著旋鈕的神將像的頭轉動了。祂的頭因力道過猛而從旋鈕脫落，掉在地上。

隔音的司令室裡，歡聲雷動。

這是以高木彬光的《人偶為何被殺》中的斬首殺人命案為主題的詭計。精妙之處在於人偶的頭並非單純的裝飾，而是和密室詭計有關。小園間心想「貴賓應該也會開心」，咧嘴一笑。

「還沒結束吧？」

他的熱情被雅的一桶冷水澆熄了。

屬下立下大功，無法替屬下開心的上司真討人厭。

香坂收回從神將像的耳朵脫落的天蠶絲。

「那麼，我過去了。」

小園間背對雅說道，快步走出司令室。

香坂的練習有了成果。小園間替她感到高興。

沒錯。我們是團隊。

每一個人都有問題。然而，若不克服問題，團結一條心，團隊就不會發揮機能。雖然繁瑣的事很多，但是偶爾能夠獲得足以將它們一筆勾銷的成就感。這一點會一再忘記、一再被提醒。

小園間穿越管家室，爬上二樓。

談話室前面。神將像變成無頭。

好～，卯起來叫吧。

小園間扯開嗓門尖叫，讓聲音傳遍整間公館。

5

長時間的緊張和恐懼，使得佐藤徹底憔悴。

他整個人坐在客房角落，持續監視著房門和窗戶。全神貫注於耳朵，以免漏聽了走廊的腳步聲，對於客房的細小傾軋聲也變得敏感。

他也想過乾脆從窗戶逃到外面，但是無法戰勝打開窗戶的恐懼。反正無法從島上離開，被找到也只是時間的問題。

可是，他已經瀕臨極限了。或許能夠逃到船抵達。
佐藤下定決心，想要移開當作窗戶屏障的床鋪。
此時，他聽見小園間的叫聲。
佐藤大吃一驚，身體失去平衡，險些被床鋪壓在底下。
得救了嗎……？
最先湧上心頭的情緒是放心。
犧牲者是別人——他流下開心的眼淚。他厭惡這樣的自己，但是無法掩飾真心話。
他將房門前面的沙發挪到一旁，來到走廊上。
聲音是從二樓傳來。
他沒有解除警戒地上樓。
眾人聚集在談話室。一行人的視線望向神將像。
「你不知道祂的頭去了哪裡吧？」
「是……完全不知道……」
小園間惴惴不安地回答榊的問題。
談話室裡除了小園間、香坂、真鍋等傭人之外，還有榊和日日子的身影。

只有香坂穿著長袍。

「她不在……」

佐藤全身起雞皮疙瘩。

「雫久小姐呢？」

佐藤沒有特定問誰地說道。

「……經你這麼一說，她沒有來耶。」

日日子臉色一沉。

「……大小姐！」

小園間衝了出去，一行人緊追在後。

小園間奔往雫久的房間，狂亂地敲門。

「大小姐！雫久大小姐！」

沒有回應。

榊轉動門把。房門嚴實地鎖上了。

「小園間管家！拿鑰匙來！」

榊叫道。

「老爺和大小姐的房間沒有製作萬能鑰匙！」

小園間一臉快哭出來的表情搖頭。

佐藤推開小園間和榊，用身體衝撞房門。

房門打不開，只是弄痛了肩膀。

「一起撞！」

佐藤和榊兩人合力撞壞房門，房門往房內開啟。

即使看到雫久的屍體，佐藤仍舊無法認清現實。

雫久的頭顱從身體被割開。神將像的頭掉在她身旁。

「怎麼可能……畢竟，雫久是——」

她應該是營運方的人——

佐藤話說到一半，說不下去了。

「最後彬光扭斷脖子。」

日日子低喃道。

「天啊……居然將大小姐的頭……」

小園間雙膝一軟，跪倒在地。

「《人偶為何被殺》嗎？」

榊聲音顫抖地說。

「那是什麼～？」

日日子問道。比起雫久的死，她的興趣好像已經轉移到解謎了。

榊扶正眼鏡，讓自己冷靜下來。

「……高木彬光的代表作。有一個場景是人偶的頭掉在頭顱被割開的屍體旁邊。」

「現在的狀況徹底重現耶～」

日日子莫名欽佩道。

實際上，略有不同。在《人偶為何被殺》中，屍體的頭顱從現場被拿走。

話雖如此，若是對照奇怪內文的第三句，顯然是在模仿。

「可是，這次也不只是模仿，還打造了密室。」

榊一腳踏入房間。

佐藤佇立在房間外面。

比起模仿殺人和密室詭計，他在思考雫久的事。

她的身分介於打工人員和營運方之間，立場微妙。儘管她不像黑工應徵者一樣被用完就丟，但是營運方給予的資訊有限。佐藤詢問偵探遊戲的祕密時，雫久抱怨這次被告知的步驟比平常少。理由很殘酷。因為雫久這次也是被殺害的一方。

給予被殺害角色的資訊變少。

姑且不論感覺天生多嘴的天河，山根沉默寡言。山根在被殺害之前，採取的行動只有幾個步驟和幾句台詞。他八成也被叮囑了不准做多餘的事。天河雖然話多，但說的幾乎都是廢話。

哎呀，這麼一來，出現了奇怪的點。

自己非但沒有被給予指令，連台詞都沒有。個人簡歷也很敷衍。不管怎麼想，都是被殺害的人員。倘若如此，接下來也會繼續殺人。

然而，考慮到劇情性，最後的犧牲者該是雫久。像「佐藤」這種路人甲在女主角等級的雫久之後被殺害，劇本未免太爛。

難道是所有人被殺害，全部死光的模式嗎？

不對。既然「偵探」會存活，就不可能是全滅的結局。

再說，第三句是「最後彬光扭斷脖子」。

它不是說了最後嗎？

那麼，殺人命案果然會到此結束嗎？

「……怎麼可能。」

內心的想法脫口而出。

小園間詫異地回過頭來，佐藤沉默，他便將頭轉回去了。

搞不好自己是犯人角色？

讓自己假裝自殺，遭到殺害後，揭露種種劇情重要情節的模式嗎？

不，即使如此，「佐藤」的性格軟弱。若是犯人，應該會事先告訴他暗示動機的劇情重要情節。「佐藤」毫無背景資訊。

推理原地打轉之後，結論回到原點。

若不快點讓「偵探」解開謎團，自己就會被殺害。

6

榊和日日子結束調查，走出房間。

小園間擠出嚴肅的表情。一旦鬆懈，他就會偷笑出來。

現場很完美。這是香坂練習的成果。

但是，充實感沒有持續太久。

兩人前腳才剛出來，佐藤後腳就進入房間。

「佐藤先生。」
小園間想要阻止他，但是沒有理由。
佐藤盯著房門內側說：
「這裡有血跡。」
「是啊。應該是噴濺的血，或者犯人摸過。」
榊一副「我已經確認過了」的樣子應道。
佐藤在房門前面彎腰。
「八成是後者。附著的血量不多，而且有摩擦的痕跡。不過，犯人未必是直接觸摸。」
佐藤一面說，一面故意回頭望向神將像的頭。
「嗚啊～，好慘啊。人偶的頭也鮮血淋漓。」
這傢伙察覺到詭計了。必須在他揭露之前，讓他閉嘴——
小園間將手伸向佐藤的手臂。
於是，佐藤主動走到房間外面，問小園間：
「為什麼犯人要帶著人偶的頭進來呢？」
「會不會是為了模仿殺人？」

小園間決定姑且裝傻。

「『最後彬光扭斷脖子』，對吧？」

「是、是啊……」

「可是，光是雫久小姐的頭顱，就已構成模仿。欸，割開和扭斷差滿多的。」

這小子以為自己得救了，就得意忘形嗎？畜牲！

即使看到小園間的臭臉，佐藤也毫不畏怯。

「說不定雫久小姐反而是障眼法。」

「障眼法？」

日日子偏頭不解。

「是啊。奇怪內文所指的不是雫久小姐的頭顱——」

「請住口！」

小園間怒吼道。他只能硬幹到底。

「大小姐遭到殺害了唷！你居然說那是什麼障眼法！對死者不敬也該適可而止！你是在褻瀆死者！你把人死當作什麼了?!」

連小園間都覺得自己憑什麼這麼說。

但是，他衝動的壓制奏效。

眼看著佐藤意氣消沉，嘟囔一句「對不起」，就此沉默。

榊打破沉默。

「這確實是重要的指正。那封信的第一句和第二句都是指詭計。如果認為第三句也一樣，人偶的頭應該和密室詭計有關。」

佐藤揚起嘴角，小園間都看在眼裡。

「佐藤先生，你怎麼了？」

「啊，沒什麼……」

佐藤又恢復了懦弱的態度。

這傢伙在圖謀什麼？

自從警告他以來，他的樣子明顯有異。鬧彆扭？說是鬧彆扭，也能窺見幾分畏怯。說不定他是想在自己被殺害前，解決命案？但是倘若如此，他的推理未免半吊子。提示過頭，但是導不出答案。簡直像是在徹底扮演提示角色。他是否認為若是這種程度，不算違反警告？他簡直大錯特錯。

該他讓事態惡化之前，現在殺掉他嗎？

真鍋的眼神在說「動手吧」。他的圍裙裡放著菜刀。

不，再等一下。還差一點就能完美完成。我不想為了這種小咖，毀了劇本。

「呃～，不好意思。」

生殺大權掌握在別人手裡的小咖本人，打斷了小園間的思緒。

「是不是也告訴船長先生和白井先生比較好？」

「他們現在應該正在休息。」

小園間四兩撥千金地帶過。該無視他，趕快往下進展。

但是，佐藤緊咬不放。

「明明亂成一團，他們還有辦法睡大頭覺？既然這樣，我很擔心他們。是不是該去查看一下？」

媽的！

小園間氣到快要爆血管，但是馬上轉念一想。

他的提議也未必不好。下一個活動預定於清晨展開，但是這種情況下，要不要提早？

「我知道了。我去叫他們。」

「我也去。」

香坂察覺到小園間的用意，邁開步伐。

「那麼，各位一起去。我認為現在不要分散比較安全。」

小園間帶著一行人，前往白井的客房。一切已經準備就緒。

「白井醫生。」

他邊說邊敲門。

當然，白井沒有回應。

「白井醫生！」

他再度大聲呼喊之後，確認房門鎖上，以萬能鑰匙打開。

白井躺在床上，蓋著棉被。衣服也換成睡衣，偽裝成就寢時死亡。

「白井醫生。」

即使呼喚他，白井也沒有反應，所以榊和日日子進入客房。佐藤也盛氣凌人、光明正大地進入客房。

「他斷氣了～」

日日子確認白井的死亡。

佐藤露出嚴肅的表情。

「他的嘴邊有穢物。」

榊注視著說。

「這是～，毒藥？為何在嘴邊？」

日日子低喃道，抬頭看天花板後，拿起豎立在桌邊的高爾夫球的推桿，以它的握把捅了捅白井頭頂上的天花板，天花板無聲地坍塌，露出陰暗的天棚。

「這上面有多少空間～？人進得去嗎～？」

「我沒有進去過，但是如果彎腰，應該大人也容納得下。」

小園間的回答，令日日子和榊露出了類似相信的表情。

這樣就行了。急就章的詭計應盡早讓它變得既成事實。不能讓白井下落不明地結束。話雖如此，讓他的死法和其他殺人命案無關，也會產生違和感。因此，卡爾趕緊想出了讓亂步和密室扯上關係的善後方案。

「這是《屋頂裡的散步者》吧？」

榊抬頭看天花板的洞。

手法是從天花板上面垂下絲線，將毒灌入正在睡覺的白井口中。香坂在山根命案之前執行。實際上，只是將毒滴入已死的白井口中，但是在監視攝影機的影像中，看起來就像是因身體不適而長時間睡覺的白井遭到毒殺。

「亂步啊～」

耳邊傳來佐藤冷淡的聲音。

「佐藤先生，這裡不妨交給榊先生和蒲生女士吧。」

小園間委婉地對佐藤施壓。要是他又說出奇妙的話，可就麻煩了。

「是啊。應該是《屋頂裡的散步者》。不過……」

佐藤抬頭看天花板的洞。

「這間公館以天棚連結嗎？」

「不！沒有那回事！」

小園間立刻否定。

「只有這間客房和隔壁房間的閣樓廣闊。大小姐的房間和其他客房，以及一樓都沒有閣樓。」

小園間一口氣說明。

這在他和卡爾的修改作業中，也是成為問題的地方。

讓閣樓這個近路最後出現，存在令人覺得至今的密室毫無意義這種風險。

他們決定假如被貴賓點出的話，就說閣樓只有一部分能夠使用，維持整合性。

這個設定很牽強，但也是不得已。

不過，這不是為了你而想的。

小園間厭惡地看了佐藤一眼

但是，佐藤好像不以為意，毫不避諱地湊近端詳白井的臉。

「他挺早之前死亡的吧？過了二十四小時吧？」

他徵求香坂的意見。

白井死亡之後，幾乎過了一天，他的臉開始腐敗。

「這個嘛……警察來之前，最好不要觸碰遺體……」

香坂口吃了。

「大致時間也不知道嗎？」

佐藤直勾勾地注視香坂。

「哎呀，可是……」

香坂驚慌失措。

「最後和白井先生說話的人是誰？」

佐藤的問題令香坂和真鍋的表情僵硬。

「我想……大概是我。」

小園間不情不願地坦誠是自己。

「可是，我和他說話是在昨晚。他說他身體不舒服，睡了一陣子。」

「咦？白井先生也身體不舒服嗎？船長先生應該也是吧？」

「不、不是。船長先生只是沒有食慾……」

糾纏不休地說些枝微末節的事……。真是個討厭的傢伙。

「所以，自從昨晚以來，你都沒有跟他說話嗎？」

「是……因為他說想要獨自休息。」

小園間以手帕擦拭冷汗。

佐藤「嗯～」地低聲沉吟，陷入沉思。

你問夠了嗎？給我閉嘴！

「果然只能拜託鑑定了。」

佐藤搔了搔頭。

這小子！你給我等著瞧！

「……香坂小姐，妳能驗屍嗎？」

頑強拒絕也很奇怪。小園間不得已，只好交給香坂自由發揮。

「這個嘛……」

香坂靠近白井的枕邊。

糟了。小園間不想被佐藤深入追究白井的死亡時間。不，他不想被佐藤追究白井命案本身。為了避免這種情況發生，他降低了不少難度。若是像在餐廳追問香坂一樣，佐藤對白井命案吹毛求疵的話……

小園間看了站在客房角落的真鍋一眼。

真鍋輕輕點頭。

只好在這裡殺掉他嗎？

暗號早已事先決定。

——難道是〇〇先生殺了大小姐?!

殺害雫久之後，只要小園間說出這句話，真鍋就會殺掉對方。劇情大綱是對雫久懷有愛意的主廚誤以為對方是犯人而襲擊他。

「我無法斷定，但是時間好像過了相當久。」

香坂只用眼睛看就下結論。

「多久？」

「這個嘛……應該比雫久大小姐更早……」

這是個安全的答案。

「有可能比山根先生更早嗎？」

佐藤接著問道。

白痴，別緊咬不放！你那麼想死嗎？

這時，小園間的袖子裡響起鬧鈴聲。

小園間表現得像是手錶響起，若無其事地走到走廊上。
偏偏是在這種時候……開什麼玩笑！
他感到憤怒的同時，將手腕的耳機靠近耳朵。
呼叫聲事先偽裝成鬧鈴，但除非是有相當嚴重的事，否則禁止從司令室呼叫。
〈佐藤這小子，設法讓他安份一點！〉
雅壓低的聲音從耳機竄入耳朵。
小園間假裝搔了搔脖子，側耳傾聽。
〈快點動手！〉
雅命令小園間殺掉他。
「現在……不方便動手……」
小園間像是在咬耳朵似地小聲回應。
〈否則會露出破綻唷！〉
雅大聲喝斥。
小園間耳鳴，忍不住移開耳機。
別說得那麼簡單！佐藤要之後再殺。
「如何？也比山根先生早嗎？」

佐藤重覆問題。

「這很難斷定。因為他蓋著棉被，被窩裡很溫暖，所以屍體的變化也會提早。」

香坂一面說，一面以眼神發出求救訊號。

佐藤毫不在意，繼續發問。

「範圍大一點也無妨。妳認為他最早是什麼時候左右去世？」

住口！給我住口！

要是被他回溯到殺害天河的時間，可就麻煩了。

〈快動手！〉

雅從司令室威攝道。

耳鳴還沒消失。

住口！

〈快點！〉

「由我判斷！」

小園間對麥克風大吼，像是在揍人似地向下揮拳。

他低頭注視著指尖的過程中，意識到事情的嚴重性。

他連忙抬起頭來，客房內所有人的目光都望向他。
香坂和真鍋知道緣故，臉色鐵青。
佐藤目瞪口呆。
「如同我剛才所說！」
小園間大聲說道。他想不到其他蒙騙過關的方法。
「不准褻瀆死者！如今，老爺和大小姐不在，館內的所有大小事由我判斷！」
小園間說完，瞪視佐藤。
這種情況下，合不合理不重要。重點是能不能讓佐藤閉嘴。
「對不起……」
佐藤的表情變得懦弱。
好。
小園間暗自因勝利而握拳。
「可是……我認為驗屍並不是對死者的褻瀆。」
佐藤像是在徵求同意似地左右張望。
聽你在放屁！
小園間使出下一招。

「我們傭人就像是大小姐的家人。白井醫生也像是家人一樣對待我們。你居然要我們鑑定家人的屍體，難道不會太殘酷嗎？」

如何？你如果有人性，就給我停手！

「……是啊。抱歉，沒有顧慮到你們的心情。」

佐藤低頭致歉。

三名傭人同時舒了一口氣。

於是，佐藤展開了可疑的舉動。

他輪流看了榊和日日子的臉一眼，問他們：「如何？」

「什麼如何？」

榊露出詫異的表情。

「推理啊、推理。」

佐藤以像是要上前一把揪住前襟的氣勢，煽動二人。

「嗯，正在進行。」

「我也是啊～」

榊和日日子不理會他，佐藤皺眉抱胸，就這樣在房內走來走去。

「佐藤先生，你怎麼了？」

小園間問他，佐藤像是一掃心中陰霾似地，站在白井的枕邊。

「不好意思，或許是我太過在意，但我調查一下這裡就好。」

他這麼一說，慢慢掀開了棉被。

「請你住手！」

小園間衝向佐藤。

「不好意思，一下子就好。」

佐藤過意不去，但是扒開棉被。

「佐藤先生！你這是做什麼?!」

「或許有其他外傷。」

原本耳鳴快要消失，小園間又聽見了耳鳴。

佐藤掀開睡衣的腹部一帶，發現了被天河刺傷的傷痕。

「這樣不行！必須交給警察調查！」

「對不起、對不起。」

佐藤臉上過意不去，但是沒有停手。

該用蠻力壓制住他嗎？

管家做到這種地步，在整合性上說得過去嗎？

光是堅稱對死者的褻瀆，能夠蒙混過關嗎？

「佐藤先生！你有點奇怪。」

不，若是現在不收拾他，這傢伙今後也會擾亂現場。

小園間閉上雙眼。

結果變成遵從雅的指示這種形式，令他不爽。

「難道是佐藤先生——」

小園間猶豫要不要說出暗號。

至今克服這麼多意外，劇本幾乎完美遂行。因為這一句話而淪為鬧劇。然而，這樣下去的話，豈止淪為鬧劇，簡直是毀於一旦。

小園間下定了決心。

接著，他清楚地告知。

「難道是佐藤先生殺了大小姐！」

真鍋將手伸入口袋。

小園間全身無力，後退一步。

佐藤的背部毫無防備。

真鍋氣勢洶洶地靠近他的背部。

「我知道犯人了。」

客房的時間暫停。

＊

您是否享受奇岩館的殺人劇？

表演終於要進入最高潮。目前為止，分享了謀劃連續殺人者和試圖解謎者雙方的觀點。各位處於知道犯人的狀態，可說是倒敘推理小說。

如何導出真相呢？各位整理好推理內容了嗎？

迎接意想不到的結局之前，希望您今後也繼續眷顧本公司。發表新作時，我們會以某種方法告知。

岔題了，真是抱歉。

那麼，掀開最後一幕。

最終幕

圓滿落幕的礙事者

1

佐藤移動至會客室，坐在角落的沙發。

其他成員也保持適當的距離，隨意坐在椅子上。

「榊先生，能夠請你說明嗎？」

小園間代表眾人開口，榊簡短說了一聲「好」，站了起來。

解開謎團的人是榊。

一點也不意外。他是推理小說研究會裡最酷的傢伙。若是推理小說迷，想必都會想要扮演一次這種角色。

「殺害四人的犯人是香坂小姐。」

榊攤開手掌，指著香坂。他的動作華麗，就像是在派對上介紹朋友一樣。

「你說我、我是犯人？」

香坂有些過度驚訝。

佐藤鬆了一口氣。看來避開了自己被當作犯人的風險。

對於香坂是犯人這一點，他沒有異議。

「榊先生，香坂怎麼可能是犯人……」

小園間驚慌失措地尋求說明。

「首先，我從殺害天河先生的詭計開始說明。」

佐藤沒有認真聽榊的說明。利用人間椅子的密室詭計已經釐清了。相較之下，如今更大的問題是——

要怎麼討好榊？

榊突然宣告破案，丟下佐藤。

他在奠定助手的地位之前，謎團就被解開。儘管他做好了要和小園間發生衝突的心理準備，強調自己有才能，榊仍舊沒有對他敞開心扉。雖然如願在被殺害之前，解決命案，但是這樣下去的話，最終應該無法活著回去。營運方不太可能讓參加偵探遊戲的外人活命。自己的下場會是被他們暗地裡偷偷殺害。

若要平安逃出島嶼，只能請「偵探」協助。雖然最終無法看穿誰是「偵探」，但榊是最有可能的候選人。因此，佐藤積極地說出提示，為了這麼做也冒了風險。他對於解謎應該有所貢獻。

但是，如果當場直接訴說，鐵定會被殺害。

他和小園間對上眼睛，被瞪了一眼。這位中年管家是營運方的人已是肯定的。小園間以眼神告訴他，不准說出任何營運的事。

佐藤打了個寒顫。

他垂下目光，想起了在白井的客房時，卡在心中的疑問。

為何最後被發現的犧牲者是白井呢？

雫久是女主角。她的死也可說是命案的最高潮。不太醒目的白井，其屍體即使在她死後被發現，也毫無戲劇效果。

首先，殺害白井本身是多餘的。

奇怪內文的第三句是「最後彬光扭斷脖子」。

雫久的死亡明示了連續殺人的最後一幕。

除此之外，還有不對勁的地方。

白井命案使得和亂步扯上關係的殺人命案就有兩起，收尾收得不漂亮，而且白井命案的詭計只是原創手法，毫無趣味可言。

疑問喚起新的疑問。

白井不醒目，但這是結果論，至少他遠比「佐藤」有特色。自己第一個被殺害也不足為奇，但是逃過一劫，而御影堂的專屬醫師幾乎和故事沒有扯上關係，事後突然以屍體的形式被發現。偵探遊戲八成有劇本作家，但是會不會太廢？

榊的解說換成山根命案。

「山根命案的逆密室也能透過香坂小姐告知假的死亡推定時間，輕易地打造出來。早餐後，在山根的客房殺害他後，將屍體從窗戶推落外面。因為山根的客房沒有面向懸崖。接著，香坂小姐光明正大地從大門玄關外出，在沼澤重現《犬神家一族》，再從容不迫地從大門玄關回來。」

「真的嗎？」

佐藤把話說在嘴裡地小聲嘟囔道。

重新一想，香坂是犯人這個「真相」也很勉強。香坂年邁，而且體型也不大。將肥胖的山根屍體倒立，插入沼澤這種把戲，她一個人做得到嗎？

前法醫學者這種經歷也令人噴飯。若要評估死亡推定時間，明明身為醫師的白井較為適任——

佐藤心頭一驚。

會不會其實白井原本才是犯人？香坂的動機十之八九是和去世的女兒有關。其背景資訊也能直接原封不動地套到白井身上。假如白井是犯人，一切都清楚了。

那麼，為何不是白井，而讓香坂成為犯人呢？

因為某種意外，無法讓白井成為犯人。倘若白井死亡和意外有關，不自然的第四起殺人命案也就能夠理解。

「接著，是模仿那封信第三句的殺害現場。」

榊的解說來到雫久命案。

「犯人割開雫久的頭顱後，使用神將像的頭，打造了密室——」

想起來，雫久也很可憐。

佐藤閉上眼睛，腦海中浮現雫久眼神中帶著憐憫之情，看著自己的臉。

雫久原本以為自己是騙人的一方。然而，原來她自己也被騙了。她以死向他透露了劇情。她雖然不是同一陣營的戰友，但是告訴了他「偵探」的存在。

如果沒有雫久，他也不會想到要討好榊。

他要活著回去，也是為了報答她的恩情。這是自私的想法嗎？

——如果沒搞錯的話，我就不用這麼難過了。

當時，雫久毫無虛假。

他之所以和她變成坦誠布公的關係，也是因為意外。

「……」

佐藤暫停呼吸。

白井的死。雫久的誤會。

是否還有其他——意外？

2

小園間聽著榊的推理，內心滿滿的成就感。

在白井的客房裡，佐藤害他提心吊膽，但是因為榊的解謎宣言，真鍋在除掉佐藤的前一刻住手。劇情只剩下一點點。沒有佐藤的戲份。能夠這樣圓滿落幕。

「殺害白井先生的手法如同已經釐清的部分。香坂小姐從隔壁的空房潛入閣樓，將毒滴入正在睡覺的白井先生口中。」

白井命案的解說很短。

這樣就好。

再來只剩將決定性證據攤在裝傻的香坂面前。香坂殺害雫久後，沒有時間換衣服，如果讓她打開長袍，就會出現雫久噴濺的血。這是簡單明確且美麗的證據。

「這確實能夠說明詭計，但是我為什麼非殺大小姐不可？」

香坂要求榊說明動機。

「這是在對逼令嬡自殺的人報復。」

榊斬釘截鐵地一口斷定。

香坂將嘴唇緊抿成一條線。

榊不亢不卑地對她說：

「跟經典推理小說扯上關係的連續殺人和密室詭計。恕我失禮，這不是妳想出來的。然而，令嬡——紀里子小姐是我也隸屬的推理小說研究會成員。她不僅熱愛推理小說，自己也寫推理小說。從昨晚起發生的殺人劇，是在重現令嬡的作品。妳使用令嬡的創意，殺害逼她走上絕路的人們，完成了報復。我有說錯嗎？」

「是啊。確實如此——」

香坂開始針對女兒自殺相關的過去，娓娓道來。

我女兒——紀里子被情人劈腿，始亂終棄。後來，她委身於安慰她的男人，但是那個男人也只趁虛而入，在玩弄她。憔悴不堪的紀里子發現自己懷孕了，再度受到打擊。她找認識的醫師諮詢，醫師冷酷地勸她墮胎。那名醫師受雇於搶走她情人的女人父親。紀里子遭到情人、朋友、大人等原本相信的人們背叛，絕望的她自我了斷。

香坂一次失去女兒和孫子，差點罹患精神疾病。於是有一天，她在女兒的房間發現小說的原稿。小說是以從前造訪過的奇岩館為場景，踐踏自己的四人依序被殺害的故事。所有劇中角色都是以真實姓名描寫，被殺害的是雫久、山根、天河、白井。他們是玩弄紀里子的心、害死她的人。

小園間靜靜聽著香坂的獨白。

重新一聽，也有令人耿耿於懷的部分，但是如果詭計成立，動機的漏洞總有辦法解決。再說，如果華麗地搞定決定性證據，劇情就相當完整了。

「我有動機。如果借助我女兒的力量，應該也能做到連續殺人。不過，這都是榊先生的想像。你沒有任何證據能夠證明我就是犯人。」

香坂引導榊說出決定性證據。

一句話定勝負的爽快感。對決型推理小說最佳的最後一幕。

小園間以期待的眼神看著榊。

「我有證據。」

榊按住眼鏡的鼻樑架。

好，說吧！

「我、我可以說句話嗎？」

一個脫線的聲音插進來，毀了最棒的瞬間。

「佐、佐藤先生！請你看氣氛說話！」

小園間終究忍不住，大聲咆哮。

「對不起。我實在很在意。」

佐藤一面搔頭，一面道歉。

你以為自己是神探可倫坡（註7）嗎？超級大智障！

「我確認一下，拋棄紀里子小姐的前情人是山根先生，從她身邊橫刀奪愛的人是雫久小姐，讓傷心的紀里子小姐懷孕的是天河先生，這樣對嗎？」

「是、是啊……沒錯。」

香坂窮於應答。

「嗯～，這樣不會很奇怪嗎？」

佐藤雙臂環胸，明顯表示懷疑。

「這叫我怎麼說才好……」

香坂為之語塞。

大概是在餐廳被追問時的惡夢復甦了。

「這麼說他或許會生氣，但是兩名女性不可能爭搶山根先生。」

「咦？」
香坂驚呆。
「山根先生相當陰沉，而且外表感覺也不受歡迎。」
「這……」
香坂啞口無言。
「以貌取人！這是以貌取人唷！」
小園間連忙介入。
「不能以外表判斷一個人！再說，我不覺得山根先生陰沉，反而覺得他是一個大器的人。榊先生，對吧？」
榊輕輕點頭。
「你和山根先生有那麼深談過嗎？什麼時候？」
佐藤不可思議地問小園間。
你究竟有何目的?!

註7 美劇的機智刑警。

小園間想要如此大聲喝斥。

「像是帶他去客房時。各種時候。」

小園間連自己都覺得這是幼稚的回答，感到羞恥。

他臉紅地瞪著佐藤，佐藤仰望天花板。

「白井先生勸紀里子小姐墮胎，所以遭到殺害嗎？」

「……是啊。」

榊和香坂同時回答。

霎時，香坂察覺到自己犯錯，臉色變得蒼白。尚未認罪的香坂同意，未免奇怪。

然而，佐藤不把香坂的疏失放在心上，從容不迫地說：

「要是勸人墮胎就會被殺害，婦產科可真辛苦啊。」

可惡——

小園間的腋下汗流不止。

此時，在他的袖子響起鬧鈴聲。

會客室裡一陣緊張。

小園間不掏出耳機也知道是雅要下指導棋。

唯獨這一次，小園間也不得不讓雅同意。
「天河先生和白井先生。不知為何，只有亂步被模仿了兩次，這也很奇怪。榊先生不在意嗎？」
佐藤的矛頭指向榊。
榊一面扶正眼鏡，一面深思。
「……我覺得不正常。不過，也可說是和犯人扭曲的思緒有關。」
「我聽不懂你在說什麼。」
佐藤不接受這種說法。
「你說什麼……?!」
榊顯露出不像秀才的驚慌。
小園間插嘴說：
「我我我我、我記得……香坂小姐的女兒特別喜歡亂步吧？」
真狼狽。多麼狼狽的回擊。
小園間的臉燥熱起來。
「是、是啊。」
香坂一面說，一面擦拭額頭的汗水。

已經到了極限。

小園間和真鍋的視線交會。

媽的！就差一步了——

要以不必要的血玷污最後一幕嗎？

「我知道了。」

佐藤突然收手。

緊繃的神經一口氣放鬆。

在所有人都沒發言的情況下，佐藤靜靜地說：

「榊先生，最後請告訴我。你認為我有可能是犯人嗎？」

榊在佐藤的注視下，低下頭扶正眼鏡。

「……當然，我想過了所有可能性。」

「你知道我是哪種人嗎？」

「……哪種人？」

「你對我知道多少？」

看到榊招架不住，小園間全神戒備。

他害怕佐藤又丟出炸彈。

然而，佐藤可悲地盯著榊，隨即垂下肩膀沉默。
難道——
小園間拼命地將想像逐出腦海，但是消除不掉。佐藤的驟變、奇怪的行動，全都解釋得通。
這傢伙知道「偵探」的存在嗎？
他也察覺到偵探遊戲的全貌嗎？
怎麼可能。不可能。他怎麼會知道？
「啊……」
小園間驚呼出聲。
腦海中浮現司令室裡的一幕畫面。他之前看著那一瞬間。明明親眼看著，卻露出下流的笑容，不予理會。
理由、契機、內容，全部不清楚，但是佐藤從雫久口中，得知偵探遊戲的幕後。
「榊先生！」
小園間叫道。
「你有證據能夠證明香坂就是犯人嗎?!」

小園間賭自己能夠硬幹到底。

為了存活而將「偵探」拉攏到自己這一邊。倘若佐藤有如此企圖心，他應該沒有讓劇本露出破綻的意圖。因此，他才會一直反覆點到為止的提示。但是，佐藤被逼得走投無路。他也知道幕後，而如今徹底絕望了。他察覺到了幕後更深的黑幕。如果給他一點時間，他應該會展開下一波攻勢。而這個風險無法估量。

「有啊。」

榊重新按住眼鏡的鼻樑架。

小園間的目光釘在低頭的佐藤身上。

不准動！什麼都不准做！

「零久被割掉頭顱殺害，應該流出不少血。」

榊說完，指著香坂。

「妳沒有時間換衣服吧？所以現在應該也還留著。在那件長袍底下！有大量噴濺的血！」

香坂微微一笑，打開長袍。

出現染血的衣服。

搞定了。完成了。

怎麼樣？你活該死好！
小園間在內心咆哮。
那一瞬間，一條影子跑過眼前。
是佐藤。
他推開椅子和人，朝窗戶跑過去。
「佐藤先生！」
沒有人能夠阻止他。
佐藤撞破窗戶，消失在斷崖下。

3

漆黑的大海令人聯想到冥界。
佐藤從海面探出頭來，忘我地呼吸。
奇岩館在頭頂上的遙遠處。公館的燈光沒有照到斷崖下。
幸好沒有撞到岸壁，直接落水，但是撞擊海面的右腳失去了感覺。什麼時候被大海吞噬也不足為奇。有勇無謀的豪賭。儘管如此，他只能跳入大海。畢竟——

那些人之中，沒有「偵探」。

從一開始就壓根不存在活著回去的方法。

從雫久口中聽說「偵探」的存在之後，他就感到不對勁。

榊和日日子是最有可能的「偵探」候選人。他們一直採取偵探不應有的行動，所以佐藤直到最後仍舊無法確信「偵探」的真面目，甚至懷疑安樂椅偵探的存在。

然而，最後榊解決了「命案」。佐藤慌了陣腳，火速向榊諂媚，但是越深入瞭解他，不祥的預感越在心中漫延開來。

肯定是杞人憂天。佐藤如此希望，詢問榊。

——你認為我有可能是犯人嗎？

——你知道我是哪種人嗎？

榊對這兩個問題都含糊其詞。

這是當然的。榊至今甚至沒有詢問佐藤任何問題。日日子也是如此。他們從一開始就不把佐藤列入考慮。就身為「偵探」的態度而言，他很不自然。「偵探」花大錢，參加推理遊戲，不可能不向劇中角色打聽消息。儘管如此，最終是榊解開了連續殺人之謎。

佐藤的預感變成了確信。

不是「偵探」的人解開謎團。也就是說，「偵探」不存在。

海浪打在臉上，他被海水嗆得不住咳嗽。

死在這裡感覺很痛苦。如此一想，眼淚流了下來。

失敗了——

佐藤後悔自己採取的所有行動。

若不試圖搜尋德永、若不接近黑工、若是沒有來到這種島嶼……

對於真相一知半解，拒絕當顆棋子，結果尋找不存在的「偵探」，就這樣一無所知地死去。同情受騙的雫久，令他感到羞恥。自己也一樣愚蠢。

「……？」

雫久的笑容掠過腦海。

為何？

愛意？憐憫？恨意？

不對，是記憶。

造訪這座島時，首度心生的違和感——

繼續深思時，整個身體被巨浪吞噬。他察覺到即使想掙扎，手臂也動不了了。在漆黑的世界失去方向感。身體不斷下沉。

——聽說天河先生以前也來過吧？

——我和治定兄是魔術同好。

雫久和某個人的聲音片斷地出現。

什麼時候的對話？對方是誰？

——哇～，好精美。

一個開朗的男性聲音。

對了，我想起來了。

榊在會客室大秀推理時，那一瞬間快要抓住真相。當時，真相從指縫中溜走，現在它回來了。

身體動不了。但是，腦袋高速運轉。

營運方因白井的死而引發恐慌。從難看的劇本也能看出這一點。然而，劇本的扭曲內容也遍及和白井的存在無關之處。也就是說——

除了白井的死之外，發生了其他重大意外？

不同於下沉的身體，佐藤的意識飄離，並從高空俯瞰奇岩館。

「偵探」並非從一開始就不存在，而是因某種意外，在過程中被消失了。

佐藤的記憶跳到二樓的談話室。

來到奇岩館後不久，佐藤對於雫久和天河的對話感到不對勁。天河身為御影堂治定的魔術同好，說他數度造訪奇岩館。但是，天河看到談話室的神將像時，是第一次看到的人的反應。

天河的背景資訊和行動不一致。

縱然他是輕浮的人，營運方也不可能允許打工人員做出那種舉動。儘管如此，天河到死為止都奔放不羈。

佐藤的意識轉換成昨晚自己的客房。

在沙發上打瞌睡時，天河來了。

——你睡著了？機會難得，要不要聊一聊？

佐藤無視他，天河隨後就遭到殺害。

如果讓他進房，是否就能救他一命？問題不在於此。

天河是唯一想向佐藤打聽消息的人。

記憶被歸納成假說。

沒錯。第一個遭到殺害的天河怜太，會不會正是「偵探」？

事到如今，無法搜尋證據，而且沒有意義。然而，如果將身為「偵探」的天河變更為犧牲者，劇本亂七八糟也就解釋得通了。

他老愛自說自話，很吵、很煩。天河的舉止正是好奇心旺盛、自我表現慾強的「偵探」。想起來，從第一次對話起，他就令人厭煩。

——敝姓天河，名叫怜太。可惜「河水」混濁。

無關緊要的自我介紹。

天河的發音是「てんがわ（tengawa）」，而不是「てんかわ（tenkawa）」。大概是發音特別，但是被他提醒，也只會不知如何反應。

忽然間，臉接觸到空氣。身體好像漂浮至海面。

佐藤像是野獸一樣吸氣，讓肺部充滿空氣。氧氣遍布大腦。

某個詞彙被抽了出來。

同字母異序詞——重新排列單字的字母，湊成別的單字的文字遊戲。

不不不，這不可能……

他半信半疑地重新組合「天河怜太（てんがわれいた）」的字母。

てがんわれいた、がんてわれいた、わてんがたいれ……

われがたんてい（我是偵探）

腦袋沸騰了。

開什麼玩笑！

他從一開始就自己招了嘛！

明明我是「佐藤」。

佐藤雖然火大，但若是特定「偵探」，毫無特色的「佐藤」沒有遭到殺害之謎也就能夠解開。

相對地，天河遭到殺害。

若是按照當初的計劃，佐藤應該是第一個被害者。因此，沒有告訴他任何資訊，只是指示他保持沉默。因為他是馬上要死的人。即使告訴他詳細資訊，他也沒有發揮的場合。要以防止他洩漏資訊為優先。

面試時，他只被確認了對於推理小說是否熟悉、有無家屬。對照同乘觀光船的成員，「佐藤」原本應該被設定為推理小說研究會的成員。

該情況下，雫久和紀里子相關的人際關係也會改變。

當初的設定是起源於推理小說研究會內錯綜複雜的愛恨情仇，最後發生連續殺人。

佐藤和雫久劈腿，拋棄紀里子。山根勾搭失意的紀里子，讓她懷孕。山根平常很陰沉，但是趁紀里子傷心而和她發生關係。如此一來，突顯山根的卑劣、薄情。然而，突然更換犧牲者，使得山根的設定變成了萬人迷。

而佐藤就被不上不下地晾在一旁。因為他不是營運方的人，所以也無法重新編排細微的表演動作。不得已之下，營運方給予隨便都能搪塞過去的「旅行者」這種設定，決定讓他當配角，直到偵探遊戲結束為止。

這也是雫久誤以為佐藤是「偵探」的原因。雫久也是被殺害角色，沒有被告知步驟變更了。原本雫久發出尖叫時，衝到她身邊的人應該是天河。然而，天河遭到殺害，八成連客間也更換了。天河的客房比佐藤的客房更內側，難以聽見會客室的尖叫。若是「偵探」，應該會進入佐藤的客房。

劇本亂七八糟解釋得通。

然而，剩下巨大的謎團。

為何身為「偵探」的天河會被殺呢——？

既然佐藤的設定事先改變了，就不是事故或殺錯人。

如果有營運方故意殺害客戶的理由，那就是其他客戶指示。

那傢伙當時在館內嗎？

佐藤想到了幾個人。

榊和日日子八成是營運方的人。榊代替天河擔任偵探角色，日日子是提示角色。還有一個人——沒有發揮作何作用的人。

還有其他謎團。

對於佐藤而言，這個謎團更加重要許多。

為何小園間他們在「偵探」死後，拼命試圖完成劇本呢？

海水侵入口內。

他推理到被隱藏的真正謎團。

然而，他沒有餘力推理出它的答案了。

急劇的睡意。不是因為時差倦怠。

會有人來搜尋我嗎——？

佐藤無聲地沉入海裡。

4

小園間連蹦帶跳地走在走廊上。

光是一個重大意外就會造成破綻，何況是兩個重疊。除此之外，還有採購食材的疏失和排水故障等小意外。儘管如此，依然完成了。

他進入管家室，打開隱藏門。

因為現在再也無需隱藏。他設定成一直開啟。

他進入司令室，磐崎說「辛苦了」，點頭致意。

卡爾無視小園間，忘我地寫著別的案件的原稿。

「辛苦了。」

小園間回以笑容，站在雅的前面。

他等待慰勞的話語。如今，他有這個權利。

「最後的那個是在搞什麼？」

雅的聲音冰冷。

「妳是指佐藤嗎？」

「為什麼突然自殺？莫名其妙。」

小園間硬是將佐藤的怪異行為，總結為無法接受雫久的死而自殺。

「那雖然是偏離主要劇情的行動，但也可說是復仇產生了新的悲劇。」

小園間用力辯駁。

他自認妥善處理了，而且其他演員也大致給予好評。

「哪裡產生了新的悲劇？就算會露出破綻，他也要深入追究，不是嗎？唉，反正都結束了，也無可奈何了。」

無可奈何？

這已經是小園間能夠想到的最佳結局了，她居然說是無可奈何？

房門打開，真鍋和香坂回來了。真鍋拿著紅酒瓶。

「客戶那裡去了沒？」

雅看到紅酒，改變話題。

「我等一下過去。」

小園間正要轉身時，雅對他嗆道。

「追加費用的事，你要讓客戶同意唷！」

「咦？」

不信任的情緒不由自主地出現在小園間臉上。

交涉金額是雅的工作。命令現場的人去做，完全搞錯了對象。

「多了這麼多麻煩事，那是當然的吧？」

「費用的事不是談妥了嗎？」

「你說錢不夠就行了。畢竟實際上，意外連連。」

「妳跟我說有什麼用。」
這次突然變更劇本是因為對客戶的要求唯命是從才發生。下決定的人是雅。
「不管殺不殺他，反正這次失去一位回流客。既然這樣，只好提高單價。原本營業額就下降了。」
「我遵從妳的決定。但是，交涉價格不是現場人員的工作。」
「這也是交涉的一部分。待在現場的你來說，比較有說服力。你想要支付獎金給香坂小姐吧？」
太陽穴發燙。
小園間面向香坂，她回以不安的目光。
「去吧。」
雅慵懶地從椅子起身。這個動作是在暗示「這件事講完了」。
小園間的胃痛復發。他忍耐疼痛，擋在雅前面。
「獎金是決定事項，和交涉費用無關吧？」
「我告訴你，這是生意。如果想要增加報酬，就要產生利益。」
「妳對香坂小姐開了空頭支票嗎？」
「別把責任推到我身上。當時，如果我不同意，她就不會行動。」

雅以下巴指了指年紀大她將近兩輪的香坂。

「明白的話，就透過交涉——」

「請別把我當作道具利用！」

壓抑至今的情緒化為怒吼，從腹部底層湧出。

雅被震懾住，但是隨即試圖以上司的地位壓制到底。

「你在對誰說話?!」

「這裡人都完成了自己的工作。只有妳剩下工作。妳要不要做好自己的工作？沒有工作能力的人無論是誰，這裡都不需要。」

「既然你說到這種地步，想必做好了被解雇的心理準備吧？離開公司就表示——」

「我一點都不打算冒性命危險。我要請調到其他分部。反正到處都缺現場人手。」

「永遠倒數第一的分部人員竟敢大放厥詞。你以為是誰重整這裡的?!」

雅環顧香坂、真鍋和磐崎他們。

眾人別開目光。

「你這個只會反抗上司的冗員，到底會被分配到哪裡呢？」

雅的嘴角扭曲。

這是遲早的問題。早在劇本完成以前，這位上司就在某處搞破壞，讓這個分部從內部分崩離析。只不過今天時間到了而已。

但是，或許不只調動分部那麼簡單。

降級、打入冷宮、減薪。

小園間想像悲慘的環境，垂下肩膀。

「我也要請求調動。」

顫抖的聲音從耳畔掠過。

小園間無法掌握事態，慢了半拍才回頭。

真鍋緊握著紅酒瓶。

「我也要。」

一旁的香坂舉手。

磐崎從操作台的椅子站起來。

「技術部門也有一人請求調動。」

小園間感到一陣鼻酸。

胃痛變得難以忍受，但是沒空理它。

小園間和雅對峙。

「妳以削減費用為理由，把可替代的工作員人送去其他地方了。少了我們，妳所謂的重整這裡也能繼續嗎？」

「……你明明什麼都不知道。」

雅吊起眉梢。

「你不懂這裡的悲慘狀況，才能說那種輕鬆的話！」

「輕鬆？把說服香坂小姐的工作，整個丟給我的人是誰？妳只是答應付錢而已。而且是開空頭支票。這就是妳的工作嗎？」

雅的臉醜陋地扭曲。

小園間不想、也不期待她理解自己的心情。

但是，他忍不住說。

「妳根本成事不足、敗事有餘。妳讓呼叫聲兩度響起。透過無線電呼叫，只限於緊急時唷。」

「……當時很緊急吧？」

「現場的人全都掌握了狀況。緊急個屁！」

「這都怪你不趕緊收拾掉那個叫作佐藤的小子。你判斷太慢了。這是嚴重的問題。」

「妳今後也打算做一樣的事嗎？要是被人知道無線電的存在，怎麼辦？」

「……」

雅想要回嘴，但是不可能做得到。因為她反覆犯下引發破綻的疏失。

「你這是在本末倒置。」

雅雙臂環胸，輕蔑地揚起下顎。

「你勞煩上司，還趁機大發牢騷？好，我知道了。看來光是削減費用不行，還得教育現場人員。」

「三年就行了。」

小園間安撫地說。

「蛤～？」

「請妳經歷過現場再說這種話。」

雅眼看著七竅生煙。

「你給老娘記……」

雅話說到一半，粗暴地推開椅子，走出司令室。

「……好。」

小園間一吐惡氣，轉換心情。
他拍了拍一臉不安的真鍋的肩膀。
他對香坂和磐崎行注目禮，兩人苦笑。
「大師，不好意思，吵到你了。」
他也對卡爾說。
卡爾依舊面對著筆記型電腦。
「真的很吵。我都被關在這種鳥不生蛋的地方了，希望你們好歹讓我能夠專心寫稿。」
唯獨和這位大師，不可能互相諒解。
小園間掃興地低頭致歉。
「非常抱歉。」
「真受不了你們。幹嘛為了這種工作情緒激動。」
沒有人對卡爾的挖苦做出反應。
不同於對雅的憤怒，一種類似空虛感的情緒籠罩著司令室。
突然間，真鍋看了內側的門一眼。
「不要緊吧？」

他好像後悔對雅說得太過份了。

「她好像受到打擊。可是，她還剩下工作。現在得讓她專心做那件工作才行。」

小園間說完，接過真鍋拿來的紅酒瓶。

「我也要去做最後一件工作。」

奇岩館變得空無一人，鴉雀無聲。

小園間拿著高級紅酒，走上二樓。

他沒有打算做雅吩咐的交涉。頂多是做自己的工作。

他敲了敲客房的房門，一個沙啞的聲音允許他進入房間。

客房裡，浴室、廁所、廚房一應俱全，略嫌狹窄的客廳擺放著高級酒。其中，有幾瓶打開了。

「全部結束了。」

小園間深深施行一禮，坐在沙發上的客戶只應了一句「是嘛」。

客戶在客房裡，沒有戴太陽眼鏡，也沒有戴口罩。

自從身為船長，進入奇岩館以來，他一直在這個房間待命。

「住得還好嗎？」

「很舒適，謝謝。」

當然，其實在幕後替客戶準備了更豪華的客房。然而，他說在和兒子一樣的空間度過時光是自己的義務，所以小園間在館內的二樓，盡可能準備了裝飾豪華的客房。

「我拿了紅酒過來。」

「謝謝。你也一起品嚐如何？」

「這是我的榮幸。」

小園間從餐具櫃拿出兩支紅酒杯，倒入紅酒。

他和客戶乾杯，含在口中。

名貴的酒品。濃郁複雜的味道，讓小園間這幾個月的奮鬥有了回報。

「真好喝。」

客戶低喃道。

「謝謝你們答應我無理的要求。」

「不敢。」

小園間低著頭思考。

如今，這個人在想什麼呢？

這位父親親自下指示，讓營運方殺害理應成為繼承人的兒子。他的側臉平靜而落寞。

「我第一次來這裡，你們幹得很好。是我兒子的要求嗎？」

「是的。我們盡量按照他的要求。」

客戶的兒子是偵探遊戲的常客。奇岩館的殺人劇以回應他的要求的形式，準備了劇本和布景。費用一如往常地由父親支付。本人自稱天河伶太，意氣風發地來到奇岩館。然而，原本應該身為「偵探」，挑戰解謎的劇本被變更了。變成了自己成為被害者的劇情大綱。

「我對推理小說不熟悉，突然委託給你們添了不少麻煩吧？」

我可是吃了一堆苦頭。

這種話當然不能說。

但實際上，他的要求很不合理。他在偵探遊戲開始的前一晚和營運方聯絡，要求殺害他兒子。小園間他們連忙修改劇本，變更了部分布景和準備的物品。毫無預期地發生白井的「死亡事故」，當時也做好了中斷的心理準備。該事業已投入龐大的資金，若是失敗，不僅關乎工作人員的飯碗，甚至是攸關性命。

小園間沉默不語，客戶舉起紅酒杯。

「那傢伙也無法理解這瓶紅酒的價值。他不懂價值，所以只會以金額判斷。凡事都是如此。他的浪費程度與日俱增也不足為奇。」

這是藉口嗎？還是悔恨？客戶吐露無法對任何人說的心聲。

小園間察覺到這一點，一直側耳傾聽。

「說來丟臉，我已經阻止不了他。如果只是浪費，我也就睜一隻眼、閉一隻眼，但是連參加這裡活動的事，也開始到處露出跡象。哎呀，請你放心。我不會提到具體的事。不過，東窗事發只是時間的問題。除此之外，他的問題多到數不清……」

客人看著小園間的眼睛。

「你有孩子嗎？」

「不，我沒有。」

「……這樣啊。」

客戶悲傷地說，啜飲紅酒。

「身為父親，或許不惜失去一切也該站在孩子這一邊。但是，我做不到。我光是想像因為兒子，公司和集團走下坡就毛骨悚然。」

於是，他決定排除風險。

若要在不被警察追察到的情況下葬送兒子，兒子主動隻身加入的偵探遊戲正是最佳舞台。奇岩館成了他們父子首度同行的地方。兒子不時露出生硬的表情，但是其實興高采烈。

「那位青年怎麼樣了？」

客戶注視著電視。

電視螢幕上映出會客室。

被佐藤撞破的窗戶令人看了心痛。

這是不久前發生的事，但是感覺過了頗長一段時間。

「佐藤」原本應該是第一個被害者。因變更劇本而失去了殺害他的時機。他在變更劇本的當下，變成了臨時演員的角色，但是在劇中角色不多的劇本中，即使是路人甲，作為誤導思路的「誘餌」也不可或缺。不能砍掉他的戲份。不過，由誰扮演都行。原本該讓找好的打工人員回去，改由工作人員代演。然而，因為雅削減人事費，人手嚴重不足，只好讓打工人員身為「佐藤」，帶他過來。其結果顯示於螢幕。

「預定計劃中有他的死期嗎？」

「沒有。」

小園間老實地回答。

客戶的目光柔和。

大概因為他在此處看了全部經過。

小園間靜靜地回應：

「從那個高度跳下去，他活不了。」

5

佐藤不住咳嗽，感覺像是身體從內側被人撕開般難受。

好不容易咳嗽止住，換成手臂和膝蓋感到疼痛。

視野籠罩在一片黑暗之中。

看來他是趴在尖銳的硬物上。他以手摸索，那裡是岩石裸露處。

自己是被海浪打上岸了嗎？

還是漂流到了附近的島嶼？若是如此，或許能夠得救。

佐藤抓住岩石，面向頭頂上。

峭壁被月光照射，它的形狀似曾相識。它是包圍奇岩館後方的岩山。失望變成嘆息。

非但沒有漂流到某處，而且僅僅失去意識幾秒鐘。

他全身乏力，一屁股坐在岩石上。

接著，有東西在視野角落晃動。幾道橘光在黑暗中激烈晃動。

他定睛一看。

光線不規律地中激烈晃動，改變形狀。是反射光……在海面反射的光線。橘色。暖色。不是月光。

佐藤沿著令人不安的岩石，往光線的方向前進。

突然間，光線從岩壁後方照過來。

光線絕對不強，但是眼睛習慣了黑暗，十分刺眼，佐藤縮起脖子。

他再度窺視，看見的是燈光。

出現的景象令佐藤倒抽了一口氣。

或許是被海浪浸蝕，岸壁下方被挖掉一大塊，幾艘觀光船像是屋簷般覆蓋上，停泊在岸壁。每一艘都遠比佐藤搭乘過來的觀光船豪華，被周圍的燈光照得閃閃發光。

從岩山的形狀來看，這裡是奇岩館的正後方。

營運方的那些人呢？

觀光船上有人影。他們正在喝酒放鬆。

有可能奪船逃跑嗎？他不會開船，但是沒有折返的地方。

佐藤靠近觀光船。被挖掉一大塊的岸壁有人工維護，修整得像是碼頭。他避免被發現，一面躲藏，一面尋找無人的船。每一艘船上都有人。雖然他們徹底鬆懈，但是無法奪船。

佐藤思考下一個方案，目光死盯著前方數公尺的岩壁。

那裡有一個兩人能夠通過的洞窟，深不見底，但是燈光連綿，照得通亮。

佐藤決定走進洞窟。

被裸露岩石包圍的洞窟，令人感到窒息。但是，前進二十公尺左右，變成了以鋼筋混凝土修整的通道，地板鋪著紅地毯。通道是平緩的上坡。牆壁上掛著一排照片。

那是將黑白照片放大成海報大小的面板，不清楚是什麼時代拍攝的照片，但是從質感來看，感覺相當古老。

第一張照片是被斧頭砍中額頭而死的外籍男性。一旁的照片是吊在樹上的三名女性。她們被吊死了。

牆壁上綿延不絕地掛著照片。

坐在輪椅上燒死的女性。嘴裡含著玩具槍，後腦勺破裂的老人。還有一具屍體的眼睛和嘴巴綻放著花朵。

照片從某部分開始變成彩色的。

一對身體被肢解，用於日晷文字盤的男女。仿照哥雅的黑色繪畫（註8）的十四具屍體。跨坐在牛身上的無頭男子。

亦隨處可見看似日本人的屍體。

每一張照片都像是剪下電影一幕場景的仿造品。假如佐藤在幾天前看到的話，大概也會這麼覺得。但是，如今不同。

這是偵探遊戲的記錄。

早在佐藤出生以前，黑社會多年來進行的事業。其記錄像是裝飾品一樣陳列。感覺很奇妙，總覺得在哪裡看過類似的景象。

佐藤停下腳步。

站在看似塔的建築物前面的男性。在其頭上的巨大發光體。不同於其他照片，感覺不到淒慘。

但是看著看著，佐藤的呼吸變得急促。

發光的是反射塔的光線的巨大冰塊。而且它朝男性落下。不難想像之後的慘劇。

「那些傢伙！」

佐藤卸下照片，砸在地板上。

他氣到忘我。

站在落下的巨大冰塊底下的人是德永。

佐藤將無處宣洩的憤怒，發洩在照片上。

將看到的照片一一打落的過程中，佐藤想起來了。拍攝奇異殺害現場的眾多照片。一面眺望它們，一面走的通道。說不定有的人會停下腳步。顧慮到排隊遊客的心情，讓等候時間不會無聊——簡直是主題樂園。

「喂～！」

怒吼聲。接著，幾個人衝過來的腳步聲。

註8　西班牙畫家法蘭西斯科・德・哥雅（Francisco de Goya）晚年創作的一組十四幅畫作，展現死亡、瘋狂、絕望、憂鬱等哥雅悲觀的內心世界，引發觀看者潛在的恐懼。

佐藤回過神來。

船上的男人們朝他而來。

佐藤往通道的內側跑。

別說是岩山了，連和奇岩館也不搭調的自動門迎接他。

他不等自動門全開就跳進去。

眼前是開闊的另一個世界——

像是設置於戶外現場表演場地的巨大螢幕。奇岩館的客房、廳餐和會客室等以分割畫面顯示出來。下一秒鐘，雫久的房間變成特寫。香坂背對雫久的屍體，將人偶的頭嵌入房門。佐藤馬上察覺到這是殺害之後的記錄影像。

他一面沿著牆壁走，一面望向周圍。這裡是風格和奇岩館正好相反的現代樓層。像是派對會場一樣擺放桌子，大批的人拿著料理和酒，談笑風生。眾人戴著面具遮住臉。

「也有酒單。想喝酒時，請告知工作人員。」

一個女人身穿華麗的和服，站在螢幕前面廣播。她胸口大大敞開，自然地垂下一頭長髮。

「那麼，各位推理小說迷。演員即將過來這裡。請自由對話。詢問解謎的過程也是一種樂趣。」

原來是這麼一回事啊——

佐藤了然於胸。

原來他們從頭到尾看了這場好戲。

偵探遊戲除了客戶扮演的「偵探」之外，也邀請了「觀眾」作為貴賓。因此，即使解決掉「偵探」，也要繼續殺人劇。看到螢幕上播放殺人現場，他們想必作為倒敘推理劇觀賞。

「極度接近兇殺電影就是了。」

佐藤面露陰鬱的笑。

「是不是他？」

追兵們在自動門的前面，指著佐藤這邊。

如果被抓到，就會被消失，連記錄也不會留下。

佐藤內心受挫。他已經無處可逃。雖然不想死，但是至今也並非積極地活。他一直認為自己是棋子。被用完就丟正是棋子的作用。

然而，佐藤邁步狂奔。

僅剩的一丁點反抗意志驅使雙腿移動，跑到「觀眾」們的面前——

側腹受到一陣衝擊，整個人被抬走。

男人緊抱住他。

是誰？追兵應該還在後頭。

佐藤將纏住他的男人的臉往上推。

是小園間。

「你他媽的～～～」

臉被佐藤的手弄變形的小園間低聲咆哮。

「我說過……不要做多餘的事了吧～～！」

小園間將佐藤壓在牆上。疲憊不堪的佐藤無力抵抗。

追上來的男人們從兩旁架住佐藤。

佐藤完全動彈不得。

「帶他去司令室！」

小園間一面調整呼吸，一面指示。

佐藤被追兵們拖走。

前方等著他的是死亡。

但是，佐藤並不絕望，連他自己都感到意外。他反而興奮不已。規模浩大的異常場景。深具挑戰性的謎團。自從來到這裡以來，他一直受到不安和恐懼折磨，但是也很刺激，而且他終於獨力揭開了奇岩館的祕密。

即使模樣狼狽地遭到束縛，亢奮感也沒有消失。

連他也覺得自己瘋了。

佐藤咧嘴一笑，環顧「觀眾」。

存活——這已經變成了遊戲。儘管這是生存遊戲，但是生死已是其次。一心使出想到的方法存活具有意義。

「各位推理小說迷！」

佐藤使用唯一能動的嘴巴。

「這傢伙！」

小園間將手伸向他的喉嚨。

佐藤在被勒住脖子前叫道。

「各位，你們被騙了！因為——」

6

小園間叉著腿站立，持續瞪視他。

佐藤被綁在椅子上，完全動不了。

已經這樣五分鐘了。小園間怒氣難平，但是衝動行事就糟了。

佐藤衝到觀眾樓層時，小園間原本打算立刻殺掉他。然而，因為佐藤對「觀眾」們說的話，小園間必須盤算一下。如果就這樣殺掉佐藤，說不定他們會提出客訴。大部分的人應該不會介意，但是也有人聽到自己被騙了，不會善罷干休。上賓支付數千萬圓，即使是寥寥幾人的客訴，也不能無視。

佐藤也在等他開口說話。沉默之中，只有響起敲打鍵盤的聲音。讓打工人員進入司令室是史無前例，但是卡爾毫不在意。他始終一副事不關己。

一男一女從工作人員值班室出來。

「辛苦了～。我剛才去洗澡，可以吧～」

語氣輕佻。他搞不清楚狀況嗎？

「無妨，派對結束之前，你就身為『榊』行動吧。畢竟你今天是主角。」

小園間背對他應道。

「原來如此。OK～。AEIUEOAo。」

榊隨便做發聲練習，從內側的門出去了。

讓輕佻男扮演推理小說研究會的秀才，令小園間惴惴不安。他當初身為多名提示角色之一，負責說基本的台詞，但是殺害「偵探」之後，他緊急被提拔為主角。儘管他幹勁十足，但是小田園不可能信任他。話雖如此，他可說是漂亮完成了。不得不稱讚他。

佐藤聽到一個女人冷言冷語地低聲說：

「為什麼那傢伙在這裡？」

「緊急避難。」

小園間也背對這個冷淡的女人應道。

「關我屁事。」

「妳快去接客。」

「喂～，我又不是女公關！」

女人丟下一句，走了出去。

「蒲生……日日子女士？個性完全不同……」

佐藤目瞪口呆。

「嚇到了嗎？」
小園問一問，佐藤表情緊繃。
「你看起來不怎麼吃驚。你早就知道了嗎？」
「——偵探遊戲的事？」
佐藤坦然說道。
「你從哪裡得知？」
「……」
「就算你不說，結果也不會改變唷。」
「是嗎？我是來到島上才知道，或者來之前就知道，對你們而言，應該差很多吧？」
「你是來到這裡才知道。」
「你怎麼知道？」
「看你的樣子。你從某個時間點起，像是變了一個人。你是在那之前知道的吧？」
「光憑我的樣子推理啊。」
「這不是推理，而是經驗。我們累積的經驗不一樣。你打馬虎眼只是在浪費時間。」

「我時間多的是。」

佐藤的態度也可以解讀為豁出去了。

事情變得麻煩了。這樣下去的話，會變成一具冷冰冰的屍體。

小園間若無其事地按住腹部。

他從剛才起，腹部就一直很痛。

「如果你老實說，或許能夠免於一死。」

小園間隱忍痛苦，以免別人從表情察覺他胃痛。

「你叫我怎麼相信殺人組織？」

佐藤不甩他。

激起求生意志也沒用嗎？看來要像之前那樣，靠壓制解決很困難。

「你說貴賓們被騙了，是什麼意思？」

「你們是黑道？」

「不是。」

「公司？」

「……算是吧。順便告訴你，我願意回答問題，但是相對地，你得救的可能性會降低唷。」
「我認為不是那種問題。」
「……？」
「那麼，我說一下我的推理。」
佐藤說完，呵呵一笑。
「……沒想到我會有說這種台詞的一天。」
佐藤抬頭看著半空中。
「如果不是做偵探這一行，人生能夠享受幾次這種戲劇化的瞬間呢？」
「你是明智小五郎嗎？」
「哎呀，你知道？有你的。」
「因為工作關係。」
佐藤咧嘴一笑，然後輕輕清了嗓子。
「你們的公司同時向『偵探』和『觀眾』收錢。『偵探』享受真實殺人命案的解謎，而『觀眾』們將它作為真人實境秀觀賞。難不成他們還賭『偵探』能不能解開謎團？」
「你的直覺真準啊。」

「這不是直覺，而是推理。但是，這次緊急變成要殺害『偵探』。」

「……你連這也知道了啊？」

「所以就說是推理了。我不知道理由，但是你們殺害了身為客戶的『偵探』。」

「『偵探』是指誰？」

「天河先生。」

佐藤立刻回答。

他找到了奇岩館的殺人命案背後的真相嗎？

怎麼做到的？

小園間雖然在意，但是他更想先知道佐藤捲入貴賓的企圖。

「當然，天河本人應該根本沒有想到自己會被殺害。你們暗算他，對吧？」

「你的意思是，欺騙『偵探』是對『觀眾』的背叛？」

「不，既然我不知道你們殺害『偵探』的理由，就不會涉及這個部分。這充其量是對『觀眾』的背信。」

佐藤生動地說。

他好像樂在其中。

「你們是在我們來到島上之前，變成要殺害『偵探』。」
「你為何能夠一口斷定？」
「我待會兒再說明。因為這和正題也有關。」
「正題？」
「首先，從『觀眾』的事說起。『觀眾』是為了把『偵探』和『犯人』的對決作為真人實境秀觀賞而來。可是，『偵探』被殺害了。代替他擔任偵探的人是工作人員──榊。日日子女士是提示角色吧。他們兩人都是營運方的人，所以事先知道劇本。這是在做秀，對吧？」
佐藤越說越快。
「話雖如此，『觀眾』支付的金額應該也不是一筆小數字。事到臨頭，無法退款。何況這麼做會大賠錢，而且會損及信譽。再說，要是你們還讓他們下注賭博，事情可就大條了。」
「你要對貴賓揭穿這件事？」
「如果我就這樣消失的話，觀眾就會懷疑營運方隱瞞了什麼。信譽掃地的企業會怎麼樣？看新聞就知道了吧？」
「……虧我那麼期待你的推理，真是令人失望。」

小園間嗤之以鼻。

「你的推理幾乎都說中了。但是，重要的部分錯得離譜。沒見過世面的人也就只有這點能耐。」

「我不認為我能全部說中。」

「在奇岩館發生的事是做秀。我們想要隱瞞貴賓這一點。你戳破了這一點，以免馬上被殺害。」

佐藤沒有回應，觀察小園間接下來如何出招。

「你可別小看我們。」

小園間挺起胸膛，佐藤皺起眉頭。

「確實是事到臨頭，我們才通知貴賓這次少了『偵探』。我們將費用打折，退還了差價。我們也告訴貴賓，取消會全額退款。結果，沒有半個貴賓取消。」

「賭博呢？」

「這次沒有。」

「真的嗎？」

「真的。」

雅的聲音從背後竄過來。

佐藤早就察覺到剛才門被打開。她好像一直靜靜聽著對話。

「本公司是顧客至上的優良企業。」

雅舉止優雅地走上前去。

「利益下降不少，但是我們也向客戶收取追加費用。」

雅對小園間投以半帶厭惡的目光。

她是否還在氣拒絕交涉一事呢？

小園間愣住了。

「不過……」

雅說到一半，低下頭去。

推動手推車的聲音靠近而來。

門被打開，真鍋和香坂推著放了酒類的手推車進來。他們好像回來補貨。

兩人感覺到不尋常的動靜，僵住了。

雅瞥了他們一眼，繼續說話。

「正因如此，這次必須提高殺人劇的品質。不准露出破綻，也不允許疏失。

但是，因為你的緣故，差點就露出破綻了。」

雅說完，又陷入沉思。

她的樣子很奇怪。

雅稍微遲疑之後，像是下定決心似地開口。

「可是，很遺憾。我們團隊沒有弱到你一個人就能設法對付的地步。」

我們團隊——

這不像是雅會說的話。

真鍋和香坂也傻眼，望向小園間，偏頭不解。

「你……你繼續說。」

雅羞紅了臉，坐在桌子上。

這叫我怎麼說……

小園間太過驚訝，忘了說到哪裡。

當他沉默，佐藤率先發言。

「是嘛。可是，我光是能在被殺害前這樣說話，就大獲全勝了。」

「你想和我們聊天？真是個怪胎。」

小園間嘲笑他。

然而，他內心好奇佐藤要說什麼。

「穿和服的大咖。」

佐藤以眼神指名雅。

「我不否定各位的團隊合作，但天兵就是天兵。」

「你說什麼？」

真鍋第一個動怒。

佐藤不為所動。

「至少有個無可救藥的天兵。」

「你在說誰？」

雅雙臂環胸，俯看佐藤。

「我不知道他在不在這裡。」

佐藤環顧一行人。

「寫劇本的人。」

卡爾停下打字的手。

「決定殺害『偵探』，是在開始偵探遊戲之前。這麼想未免太單純。」

佐藤看了卡爾一眼，似乎鎖定了作家。

卡爾旋轉椅子，瞪視佐藤。

佐藤對卡爾微笑。

「劇本太過拖泥帶水。」

「拖、拖、拖……拖泥帶水～?!」

卡爾從椅子上彈起來。

「哪裡?!哪裡怎樣拖泥帶水?!你說說看！」

「詭計也就罷了，動機和背景資訊的部分特別糟。一開始是以推理小說研究會內的糾紛作結束吧？」

「呃……」

被說中了，卡爾窮於應答。

「可是緊急變更，必須殺害天河先生，因此改編人際關係，結果到處產生不合理。像是山根變成神祕的萬人迷。原本該從頭重新思考，但是你沒有這麼做。為何？因為沒有時間修改。不是嗎？」

「……欸，如果有更多時間的話，確實能夠寫成傑作。」

卡爾莫名接受佐藤的說法，自行認同。

「我想也是。畢竟這樣是拙劣之作。」

「你說什麼～？」

坐到一半的卡爾又站起來。

「如果包含到白井先生命案為止，簡直慘不忍睹——」

「閉嘴！」

卡爾自己叫佐藤說，卻又打斷他的話。

「光是把『偵探』換成被害者就是大工程，沒想到過程中，『犯人』居然死了！我在短短幾小時內，設定照舊，只是改變犯人唷！但是卻沒有產生矛盾，讓推理小說成立！天底下有比這更專業的工作嗎?!把直木獎頒給我！」

卡爾脫口說出了多餘的事。

「我聽不懂最後一句話的意思。」

佐藤冷冷地說。

「有矛盾。」

「沒有！沒有那種東西！」

卡爾已經像是在使性子。

佐藤陸續羅列劇本的瑕疵。

香坂是前法醫學者這一點不自然。年邁女性獨自殺害肥胖的山根這一點不合理。白井命案的微弱動機。亂步梗的重複。

這傢伙……

小園間如今害怕起來。

因為佐藤不僅看穿了犯人和詭計，甚至俯瞰著劇本的完成度。假如佐藤玉石俱焚的話，不是露出破綻就能了事。

卡爾氣過頭而說不出話來，嘴巴一張一闔。

「還有……」

佐藤補槍道。

「有必要將白井先生的死因變成毒殺嗎？其實是刺殺吧？」

「咦？」

營運方異口同聲地驚呼。

佐藤應該沒有確認白井的刺傷。

「你為什麼知道是刺殺？」

隱瞞也已經沒用。

小園間痛快地問道。

「因為我在天河先生的客房看到了。」

佐藤像是被人問了理所當然的事似地，若無其事地回答。

天河的客房……

佐藤只有在發現屍體時進入。

他在那裡看到了什麼？

鑽進人間椅子的白井嗎？不，那不可能。佐藤是在山根死後才察覺到人間椅子。

「你看到了什麼？」

雅代替眾人說出疑問。

「紀念品。」

佐藤再度若無其事地回答。

「……你知道他是被人以紀念品刺殺？這是怎麼一回事？」

「當然，我看到時沒有想到。何況我壓根沒有想到白井先生。可是，感覺不對勁。然後，我知道白井先生死了，想起那種違和感。天河先生的客房裡，放著許多紀念品，但是不知為何，唯獨『那個』不見了。喏，他在餐廳炫耀的小刀……短彎……什麼來著？」

是短彎刀。

小園間不甘心，所以不告訴他。

不過話說回來……

小園間噗哧一笑。
「意外無可奈何，但是我們在事前準備時犯了錯。」
這次換佐藤露出滿臉問號的表情。
「早知道就讓你和山根的分配角色換過來。這樣的話，就不會發生這種麻煩事了。如果在面試時，看穿你是要命的推理小說狂就好了。為何面試負責人沒有察覺？」
「因為他被問到喜歡的推理小說，列舉了動畫。」
雅啐道。
「那位面試官瞧不起動畫的當下，不是就被解雇了嗎？」
佐藤一臉認真地說。
「所以呢？你指責劇本粗糙，滿意了？」
雅在意手錶。
她不能離開派對會場太久。
「不。我不是想要雞蛋裡挑骨頭。」
佐藤搖了搖頭。
「唉，老實說，我有滿腹牢騷，但我想說的是替代方案。」

「替代方案……？」

卡爾的太陽穴不斷抽動。

「讓香坂小姐變成單獨作案的犯人是個錯誤。如果是這個條件，白井先生和香坂小姐就是共犯。該變成鬧內訌，香坂因此殺了白井先生。這麼一來，就不用設定那種動機。光是勸人墮胎就被殺害？這什麼鬼？」

卡爾粗聲喘息，快要咆哮，但是閉上嘴巴。

因為佐藤的目光更加銳利，簡直是賭徒的表情。

「而且果然該最後才殺雫久。明明她的死才是最高潮，最後丟出白井先生的死也只是畫蛇添足。」

小園間理解了。

佐藤的觀點從偵探轉換成作家。

「吵死了……」

卡爾顫抖嘴唇，小園間吞下了佐藤的指教。

他拼命掩蓋白井的死，沒有顧慮到戲劇的高潮迭起。

「最遺憾的是，殺害白井先生的方法。只是重複亂步梗未免太爛了。而且奇怪內文所顯示的殺人命案明明是三起，居然若無其事地引發第四起殺人命案。」

「吵死了！」

卡爾終於爆發了。

「那封信公布之後，白井才死！信的內容無法變更！可是，屍體有四具唷！」

「大、大師……」

小園間安撫卡爾。

怒吼聲應該不至於傳至派對會場，但是小園間想到了萬一的情況。

然而，卡爾停不下來。

「話說回來，要挑完成品的毛病，怎麼挑也挑不完！可是啊！像你這種門外漢會想到的事，我們老早都討論過了！要讓山根或雫久其中一方活下來，將殺人命案控制在三起嗎？雫久沒辦法。如果讓她活下來，就必須從犯人的動機改變。可是，如果沒有香坂的女兒，使用詭計的理由就會消失！要讓山根活下來嗎？這麼一來，被害者就會變成只有親近御影堂家的人，一下子就會知道犯人是誰！最後的選項是，要同時殺掉白井和雫久嗎？怎麼殺？人偶的頭只有一個，所以必須在一個房間殺掉兩人。怎麼做？設定成兩人談忘年之愛嗎？這才會讓人笑到大牙！是不是？我可是專家唷！如果你有更好的提議，你倒是告訴我啊！怎麼樣？」

卡爾連珠炮地怒火四射，整個人軟癱地坐在椅子上。

「那是因為你堅持模仿。」

佐藤像是懶得再跟他吵似地嘟囔道。

「蛤～？」

卡爾揚起下顎。

佐藤一臉困惑地嘆了口氣。

「我不是說了嗎？如果變成香坂小姐和白井先生鬧內訌，就不用牽強地硬塞奇怪的動機。因為是衝動殺人，所以不必弄成模仿，只有一起風格不同，也會成為解謎的提示。」

「原來如此。」

小園間欽佩道，被卡爾瞪了一眼。

「對不起……」

「門外漢就是門外漢。」

卡爾生硬地嗤之以鼻。

「這樣就沒意思了。模仿很重要。因為客戶要求模仿。專家就是要按照委託，打造作品。」

「可是，當時是客戶死後吧？」

「這……」

被佐藤吐嘈，卡爾氣勢整個弱掉。

「你真蠢！這次的客戶不是『偵探』！不，他是客戶，但真正的客戶是『偵探』的父親！」

卡爾痛苦之餘，連佐藤沒問的事也大嘴巴地說個不停。

「聽懂了吧？真正的客戶吩咐要徹底模仿，對吧？」

卡爾滿臉通紅地對小園間滔滔不絕地說。

情急之下，還撒謊啊？膽小鬼！

客戶的要求只有在偵探遊戲內，殺掉他兒子。完全沒下模仿等任何指示。

「嗯，是啊。」

但是，小園間配合卡爾的說詞。

小園間像平常一樣討好卡爾，並且對於佐藤的反應產生興趣。

他接下來要如何反擊？

於是，佐藤隨口回應。

「如果你無論如何都想讓第四起殺人命案也變成模仿殺人，不要把小刀從白井先生的屍體拔出來，直接抬到館主的書房就行了。結果，館主始終像是空氣一樣。」

「哈、哈～」

卡爾氣焰又起。

「看吧，門外漢現出原形了。半瓶水響叮噹。這麼一來，就不是模仿殺人了。你聽好了，目的並不是讓你們看到所有房間。這次是採取模仿經典推理小說的殺人方式——」

「我知道啊。」

「騙人！」

「所以你增添和那封信的整合性，弄成模仿殺人，不是嗎？」

「嗯？」

卡爾的理解速度跟不上。

雅等人的頭上也浮現問號。

卡爾將臉湊近佐藤。

「為什麼光是把屍體放在書房，就會變成模仿殺人？」
卡爾直截了當地問。看來饒是傲慢作家也戰勝不了好奇心。
作家反應不過來，令佐藤也感到困惑。
「這裡是哪裡？」
佐藤確認道，和小園間對上眼睛。
原來是這麼一回事啊——
「這裡？」
卡爾皺眉。
「別賣關子！」
卡爾受到考驗。
而且他落跑了。
「和模仿殺人有關嗎？那你說這裡是哪裡?!」
「奇岩館。」
回答問題的人是小園間。
不知不覺間，胃痛好了。
「答對了～」

佐藤微笑道。

「咦？啊……啊……」

卡爾明白自己輸了，眼神游移。

奇岩館的藍本不用說，自是奇岩城。

亞森・羅蘋大展身手的《怪盜亞森・羅蘋》系列。在其代表作《奇岩城》中，最先發生的是刺殺命案。殺害現場是毗鄰主臥室的書房。

倒在御影堂治定的書房的刺殺屍體。這不同於那封信，是利用場景本身的模仿殺人。

「有那種劇情嗎?!」

卡爾慌張地叫道。

「奇岩館不過是小道具，純粹是為了讓人產生殺人命案和全世界的推理小說有關這種印象。主要是日本的經典——」

「算你有一套。」

小園間不客氣地插嘴道。

卡爾的心情已不再重要。

善用書房不過是一個要素。

佐藤看穿卡爾的劇本的漏洞，甚至重新改寫。此外，他還按照他們提出的條件，立刻提出別的方案。

沉迷於副業，漏洞百出的作家。在極限狀況下，打造回溯相容的替代方案的青年。勝負一目瞭然。

「我想在你的劇本中，看一看奇岩館。」

小園間筆直地注視佐藤。

「……我的目標是……成為專家……」

卡爾突然趴在桌上。

「對了，差不多該進入正題了。告訴我，你爭取時間是為了什麼？」

佐藤輪流望向小園間和雅。

他露出思考的表情幾秒鐘，然後慎重地開口。

「找工作啊。」

佐藤回覆的答案令人意外。他的意思是希望受雇為作家。小園間不知如何反應才好。

另一方面，雅或許是生性習慣對人頤指氣使，態度突然變跩了。

「你想要成為作家？在我們手底下？」

「我不要變成棋子。」

佐藤回嘴，雅冷哼一聲。

「可是，如果我能夠在這裡發揮實力——」

佐藤像是在說服自己似地接著說。

「說不定像我這種人，也能感受幾次戲劇化的瞬間。」

「又是明智小五郎嗎？」

小園間笑道。這次不是嘲笑。

這傢伙是真的愛熱推理小說。

二十年前的自己是有這種熱情吧。

如今，自己還有堪稱熱情的東西嗎？

「你信口胡謅！你只是想得救吧?!」

卡爾毫不隱藏憎恨地咆哮。

確實也有這種可能性。

「怎麼辦呢？」

小園間把球丟給雅。決定人事是上級的事。

雅像是在估價似地上下打量佐藤，然後面向小園間。

「選定作家就交給現場的負責人。」

她又將風險推給屬下。

換作平常的話，小園間應該會如此解讀。然而，他從雅身上看不出輕蔑和虛張聲勢。

小園間將它解讀為信賴。

他將頭轉向佐藤。

忽然間，一股想要施虐的情緒湧現。

「大師，太好了。」

忽然被小園間這麼一說，卡爾詫異地回過來。

「這種工作的作家或許會變多唷。」

「咦……？」

「如果有兩名作家，大師的負擔也會減輕。說不定暫時不用勞煩大師。這就要看大師了。」

卡爾明顯膽怯了。

不再是偵探遊戲的作家。他知道其影響除了金錢之外，也攸關性命。

小園間重新面向佐藤。

佐藤一臉緊張地看著他。

結論已經出來了。

小園間想要靠近他而邁開步伐時，視野又搖晃了。

猛烈的腹痛。瞬間湧現的嘔吐感。他當場蹲了下來，立刻摀住嘴巴。然而嘔吐物灑了一地。

他霎時以為是剛喝的紅酒。不對，是血。宛如咖啡的黑血。

同事和上司衝了過來。

他們擔心地詢問他的狀況，但是他沒聽見。

暈眩越來越嚴重。

至今一直延後檢查，身體來討債了——

小園間獨自接受了這個事實。

非常抱歉，剛才的男人說是真的。

在下事先告訴過各位這是虛構的。

在下雖然事先說過編排這次殺人劇的是本公司的首席作家，但是其實本公司還有另一位優秀的作家。

下次將以其劇本，引領各位進入更加令人興奮的世界。

敬請期待下一部作品。

本故事純屬虛構。作品中如有相同名稱，均與實際存在的人物、團體等無關。

小説館 0001

奇岩館殺人案

作　　者：高野結史
繪　　畫：ぬごですが。
譯　　者：張智淵
責任編輯：林靜莉
封面排版：謝捲子 @ 誠美作
內文排版：王氏研創藝術有限公司

總 編 輯：林麗文
副總編輯：賴秉薇、蕭歆儀
主　　編：高佩琳、林宥彤、韓良慧
執行編輯：林靜莉
行銷總監：祝子慧
行銷經理：林彥伶

出　　版：幸福文化出版／遠足文化事業股份有限公司
發　　行：遠足文化事業股份有限公司（讀書共和國出版集團）
地　　址：231 新北市新店區民權路 108 之 2 號 9 樓
郵撥帳號：19504465 遠足文化事業股份有限公司
電　　話：(02) 2218-1417
信　　箱：service@bookrep.com.tw

法律顧問：華洋法律事務所 蘇文生律師
印　　製：呈靖彩藝有限公司
初版一刷：2025 年 5 月
初版七刷：2025 年 10 月
定　　價：380 元

國家圖書館出版品預行編目 (CIP) 資料

奇岩館殺人案 / 高野結史著、ぬごですが。繪；張智淵譯 . -- 初版 . -- 新北市：幸福文化出版社出版：遠足文化事業股份有限公司發行 , 2025.05
　面；　公分
ISBN 978-626-7680-07-0(平裝)

861.57　　　114002500

9786267680070（平裝）
9786267680056（PDF）
9786267680063（EPUB）